Für Gerti

für heitere Stunden!

11. September 2008

[illegible]

Gunther Spath

BRIEFE AUS DEM EXIL

Gunther Spath

Briefe aus dem Exil

Wien, eine Stadt voller Überraschungen,
beruflich und privat,
aus der Sicht eines „Zuagrasten“

Hermagoras
Mohorjeva

bm:uk

Gunther Spath
BRIEFE AUS DEM EXIL. Wien, eine Stadt voller Überraschungen, beruflich und privat, aus der Sicht eines „Zuagrasten"

Lektorat: Josef K. Uhl
Umschlaggestaltung: Christine Ulbing
Layout: Paula Supan

Gesamtherstellung: Druckerei Hermagoras/Mohorjeva, Klagenfurt-Viktring, Adi-Dassler-Gasse 4
ISBN 978-3-7086-0405-3

Vorwort

Gleich einleitend eine Warnung an empfindsame Seelen: Politisch korrekt sind diese Briefe nicht! Beispielsweise werden manche Begriffe zum Beispiel für Menschen von nicht Wiener Herkunft von den Stadt-„Ureinwohnern“ genau so, wie sie in diesen Texten stehen, verwendet und nicht anders. Außerdem unternehme ich das Wagnis, über manche künstlerischen Variationen eine eigene Meinung zu haben.

Als das Schicksal beschloss, mir die Ehre einer beruflichen Verwendung in einer „Zentralstelle“ – so heißen hierzulande die in der ehrwürdigen Bundeshauptstadt Wien angesiedelten Bundesministerien, deren Zahl und Aufgabenzuordnung je nach Regierungszusammensetzung schwankt – zukommen zu lassen, hatte ich kaum genaue Vorstellungen darüber, was mich erwartete. Das betraf sowohl die beruflich/dienstliche wie auch die private Seite des Unternehmens.

Da ich seit jeher zur Verschriftlichung meiner Beobachtungen am und neben dem Weg des Lebens neige – etliche Kommentare und Glossen in Zeitungen und Zeitschriften, dazu natürlich jede Menge Leserbriefe und über Jahre hinweg sogar eine regelmäßig erscheinende kritische Kolumne in einer Fachzeitschrift zeugen davon – habe ich auch die Wiener Eindrücke entsprechend verarbeitet. Es entstanden die fünfzehn „Briefe aus dem Exil“, die ich über einen Zeitraum von zwei Jahren verteilt, an einen Freund in jenem fernen Bundesland sandte, wo ich bis dahin die Mehrzahl meiner Lebensjahre verbringen durfte. Sein Beruf ist an den in den Briefen gewählten Anreden vermutlich zu erraten!

Für dieses Buch sind die Briefe von einigem allzu fachspezifischen Deutsch und auch den in militärischen Bereichen unaufhaltsam um sich greifenden Bergen an Anglizismen und hier wieder vor allem den Anhäufungen an fast schon unglaublichen Abkürzungen weitgehend gesäubert worden. Wo diese Begrifflichkeiten aber einfach zur jeweiligen Geschichte gehören, helfen ein paar später hinzugefügte Fußnoten weiter. Dasselbe gilt für Ereignisse, die zum Zeitpunkt der Niederschrift jeder Österreicherin und jedem Österreicher gegenwärtig waren, zum Zeitpunkt des Erscheinens des Buches aber eher erklärungsbedürftig sind.

Soweit sich die Texte auf das berufliche Umfeld beziehen, wäre festzuhalten, dass sich Zentralstellen nur in der Bezeichnung unterscheiden, ihre innere Struktur und das Verhalten der in ihnen ihrem Broterwerb nachgehenden Menschen gleichen sich in erstaunlicher Weise. Der Verdacht, dass die in den folgenden Briefen mehrfach gewürdigte, für alle diese Bürokratiegequälten einheitliche Kanzleiordnung – grundsätzlich eine bewundernswerte Leistung ihres Erfinders! – das ihre zu diesem erstaunlichen Gleichklang von mit so unterschiedlichen Angelegenheiten wie Außenpolitik, Landwirtschaft, Inneres, Bildung, Landesverteidigung usw. befassten Schreibtischansammlungen beiträgt, wird bei genauem Hinsehen zur Gewissheit.

Den breitesten Raum in meinen Briefen nimmt aber doch das tägliche, ganz private Leben in der schönen Wienerstadt ein. Der Wiener Alltag ist, vor allem dank der Protagonisten, an Skurrilem, Witzigem bis hin zum Tragikomischen, voll und er liefert fast jede Stunde, die Gott schenkt, neue Überraschungen. Ich hoffe, die dargestellten Muster der einzigartigen Menschengattung „Wienerin und Wiener" verzeihen mir manche vielleicht ein bisschen pointierte Darstellung und haben auch an dem Spiegel, den ich ihnen vorhalte, ihren Spaß.

Manches mag humoristisch überhöht sein, aber – frei erfunden ist in diesen Briefen nichts, das sei nachdrücklich festgestellt.

In diesem Sinne: Viel Vergnügen beim Lesen!

Gunther Spath
derzeit Bundesamtsgebäude
(mit kostenlosem, unverbaubarem Blick
auf die Schlote der Entsorgungsanlage Simmering)

Wien, nach erstem Beschnuppern

Briefe aus dem Exil

(unregelmäßiges Erscheinen geplant) AUSGABE 1

Verehrtester Medizinmann, lieber Heinz!

Du wurdest, in Anerkennung deiner besonderen Verdienste um meine Kuriositätensammlung, als Empfänger dieser wesentlichen Schwerpunkt-Information aus unserer geliebten, sauberen, wohlriechenden Metropole an Donau und Kanal erwählt, die bekanntlich dank jahrzehntelanger monocolorer Demokratur in der Stadtverwaltung völlig frei von Illegalen, Zuhältern, Drogenhändlern, Sandlern und sonstigen Lichtgestalten ist. Das dir so bevorzugt zukommende Wissen brauchst du allerdings nicht für dich behalten, es möge die Kollegen und -innen beim Kaffeschwatz auch erfreuen.

Zu allererst das Wesentliche: In der Nähe der Südeinfahrt „Spinnerin am Kreuz" steht eine Tafel mit dem sinnigen Text „Wien ist anders!" Wie wahr, wie wahr![1]

---

[1] Diese hundertprozentig ins Schwarze treffende Wien-Werbung wurde inzwischen, aus welchen unerforschlichen Gründen rathäuslicher Geheimpolitik auch immer, entfernt und somit der von Süden Einreisende im Unklaren gelassen, das ihn wahrlich „Anderes" erwartet. Wien ohne Vorwarnung sozusagen – sehr bedenklich!

Mit den Eigenheiten unseres Bundesdorfes „Zur quietschenden Tramway“ und seiner Bewohner und -innen ließen sich wahrscheinlich mehrere Bände von Meyers bekannt leichtgewichtigem Konversationslexikon füllen!

Wir beginnen unseren Einstieg in das Großstadtleben am besten mit einem Exkurs zum Thema „Ein Tag, der mit Aufstehen begonnen hat, kann nur in einer Katastrophe enden.“ Jedenfalls scheint die Masse der ständig innerhalb der Stadtgrenzen Wohnenden und ihrem Erwerb Nachgehenden von der Überzeugung geprägt zu sein, alles auf dieser Welt diene ausschließlich dazu, ihr Lebensleid zu steigern.

Wie singt der Wolferl Ambros so treffend? „De Leit, obs sitzn oda stengan, olle hom des fade Aug, oba net nur in da Tramway, i glab, des hams den gonzn Tog!“ Eigentlich müsste man eine Verordnung erlassen, dass 90 Prozent der Eingeborenen ein Schild um den Hals tragen müssten „Nicht anschauen, nicht anlächeln, nicht anreden! Füttern verboten, Annäherung auf eigene Gefahr!“ Freundlichkeit ist so auffallend, dass das exotische Objekt, das sie verbreitet, von der Masse weiträumig umgangen wird. Des Morgens in Bus, U-Bahn oder Tram <u>nicht</u> grantig dreinzuschauen verstößt offenbar gegen ein ungeschriebenes Gesetz.

Die Auffassung, was „Hamur“ sei, geht ja bekanntlich individuell auseinander. Aber irgendwo in diesem Riesennest muss es einen unglaublich großen Keller geben, in den alle lachen gehen. Zur Ehrenrettung für die nunmehr meine berufliche Heimat bildende „Zentralstelle“ sei angemerkt, dass hausintern die Sache nicht so unlocker heruntergeht, aber wenn man ins feindliche Privatleben hinaus gestoßen wird ...!

Wenn einen dann noch am helllichten Tag in der Halle der in jeder Weise „anziehenden“ (vor allem bemerkenswerte Düfte und multikulturellen Müll in einer erstaunlichen Artenvielfalt) U-, S- und Bahnstation „Wien Mitte“ eine Gestalt „um an

Schüll fir a warms Essn" ansteigt, die man früher bestenfalls als den aus einer Mülldeponie entstiegenen Phantasieausbruch der Herren Hitchcock oder Roald Dahl für möglich gehalten hätte, ist der Tagesbedarf an menschlicher Bekanntschaft weitestgehend gedeckt. Man freut sich direkt auf den netten Herren vom hauseigenen Sicherheitsdienst und den rettenden Aufzug, der einen in die lichten Höhen der Ministerialabteilung trägt, der man täglich (und häufig auch nächtlich, die ministerielle Faulheit stellt sich sehr bald als zwar populäres, aber für den Betroffenen bedauerlicherweise reichlich falsches Gerücht heraus!) sein angehäuftes Wissen zur Verfügung stellt.

Dieses Bundesamtsgebäude im Speziellen hat einen unschätzbaren Vorteil: Sitzt man in ihm, kann man es nicht von außen sehen, was angesichts des architektonischen Grauens, das sein dreifärbiger Anblick in einem durchschnittlichen mitteleuropäischen Magen erzeugt, von hohem psychischem Wert ist. Dass in einem Drittel des Baus die für seine Errichtung vor einigen Jahren verantwortliche Bundesbaudirektion ihre Kanzleien betreibt, fällt offensichtlich unter „Rache am Verursacher".

Apropos „hausintern", um zum tiefen Ernst des Dienstes an der Republik zu kommen: Die Machtfülle ministerieller Gruppen- und Abteilungsleiter – es gibt davon in allen Ministerien gemeinsam vermutlich mehr als Tausend – manifestiert sich unter anderem darin, dass sie nicht einmal eine Dienstreise zum Studium der Erbsenzählung in Gramatneusiedel unterschreiben dürfen, dazu bedarf es des „Gottsöbersten" in Gestalt eines veritablen Sektionschefs. Da sich die zu diesen lichten Dienstpostenhöhen Auserwählten relativ häufig auf Konferenzen irgendwo zwischen Alpbach und Hongkong befinden, ist das Erlangen der einschlägigen Unterschrift durchaus auch ein zeitliches Problem.

Einen echten Heiterkeitserfolg habe ich bald nach meinem Einstieg ins ministerielle Geschäft bei einem Gruppenleiter erzielt, als ich des Montags einen Informationsakt an fünf Herren anderer Abteilungen derselben Zentralstelle zwecks einheitlicher Aussagen gegenüber den ausländischen Vertretern bei einem Sechs-Länder-Unternehmen eine Woche später am „Normalweg“, sprich mit der Dienstpost, verteilen wollte. Nach Abflauen des Lachkrampfes wurde ich liebevoll über die Tatsache aufgeklärt, dass die Betroffenen in diesem Fall das Papier „vielleicht“ bei ihrer Rückkehr aus Warschau, Budapest und Co. „schon“ vorfinden würden. In weiterer Folge wurde ich von einem mir unterstellten, liebenswerten älteren Truppenoffizier über den Grundsatz aufgeklärt, dass wir hier eben die Zentralstelle wären und uns daher absolut nichts hetzen könne. Aha!

Wie singt die Christl von der Post im „Vogelhändler“? „Ja, bei der Post geht's nicht so schnell!“ Allerdings kann ULP[2] mit ihren hübschen gelben Vehikeln nichts dafür, dass ein unterschriebener Akt interministeriell fünf Tage bis zum Verlassen des Hauses braucht! Wie du siehst, ich lerne eifrig die Eigenheiten der bemerkenswerten Kanzleiordnung für alle Bundesministerien kennen, habe allerdings gewisse Umstellungsschwierigkeiten!

Papier, so glaubte ich, hätte es bei meinen bisherigen Dienststellen schon des Guten zu viel gegeben. Ich hatte ja keine Ahnung, was wirklich „viel Papier“ ist! Man könnte zum Einarbeiten schätzungsweise zwei Jahre Tag und Nacht lesen, ohne irgendeinen produktiven Beistrich von sich zu geben! Der Versuch, auch nur im eigenen Referat einen Teil des erworbenen Überflusses an bedeutungsschweren Akten und Vorgängen weiterzugeben, ist ein Monatsprogramm für sich

[2] ULP = „Unsere liebe Post“, Copyright Hufnagels Kopfstücke in der Tageszeitung „KURIER“.

– denn, in Verfolgung des offensichtlichen Hauptzweckes der ministeriellen Arbeit befindet sich immer irgendwer meiner geschätzten Untergebenen irgendwo auf Schulung/Konferenz/Seminar/Besprechung (multinational, wohlverstanden, denn das ist „In“)/Auslandsdienstreise/Begleitung von Ausländern in Österreich (man streiche das jeweils Nichtzutreffende nach Belieben).

Mit dem Militär habe ich, außer fallweisen Tragens der Uniform (regelmäßig im schlichten Heeresgrau sieht man nur Zivilbedienstete, die sich gerade auf Waffenübung befinden – oder auch nicht), kraft der spezifischen Aufgabenstellung meines Arbeitsplatzes eigentlich nur am Rande zu tun. Meine inländischen Gesprächspartner kommen aus dem Bundeskanzleramt, sieben anderen Ministerien und zahllosen ungeheuer bedeutenden zivilen Organisationen. Richtung Ausland bewege ich mich zwischen CEP, CRT, ERT, TDR, CRM, TEX etc. im Sinne von IPP. Eine Erklärung dieser Abkürzungen erspare ich uns, weil spätestens mit dem übernächsten NATO-Akt sicher ein paar davon geändert werden. Vor kurzem kam ein Kamerad aus Brüssel zurück und schwenkte mit stolzgeschwellter Brust das, nach seinen Aussagen, neueste Begriffs- und Abkürzungslexikon des nordatlantischen Clubs. Muss ich wirklich erläutern, dass auf der ersten Seite des nächsten Schriftstückes aus der belgischen Hauptstadt drei Abkürzungen gestanden sind, von denen der Verfasser des Kataloges noch nichts gewusst hat?

Außerdem versuche ich, STANAGS[3] zu verstehen. Jedenfalls gehören diese wunderschönen Abkürzungen alle zur „Part-

[3] Standarization Agreements (STANAGs) sind der Versuch von, in ihren heroischen Anstrengungen angesichts der inzwischen beigetretenen Ansammlung exotischer Länder jenseits des Kaukasus mit Sisyphos vergleichbaren Vordenkern vor allem der NATO, Begriffe und Verfahren der Armeen, die an der Partnerschaft für den Frieden teilnehmen, zu vereinheitlichen.

nerschaft für den Frieden" und ich bin österreichischerseits für CIMIC[4]-Aktivitäten zuständig.

Das bedeutet, sehr vereinfacht ausgedrückt, vielleicht überspitzt, aber den Kern der Sache treffend: Hilfeleistung aller Art durch das Militär, weil die zivilen Einrichtungen zwar verantwortlich sind, aber mangels Können/Wollen/Dürfen/Mögen oder aus sonstigen Gründen, weil zum Beispiel der zuständige Sekretär gerade an seinen nächsten Karriereschritt denkt und ihm ja wirklich nicht zuzumuten ist, sich parallel dazu um Erdbeben/Hochwasser/explodierte Reaktoren/Hunger/Typhus, Ruhr und Cholera zu kümmern, uniformierte Handlanger aller Art brauchen.

Gleich zu Beginn meiner Wiener Tätigkeit gab es einen Empfang, an dessen Rand mich eine Ehrenurkunde für meine langjährige Tätigkeit als Verfasser einer Kolumne in der Fachzeitschrift „Truppendienst" einholte, überreicht durch den Herrn Bundesminister persönlich, einschließlich seiner nicht wirklich überraschenden Anmerkung, dass wir nicht immer derselben Meinung gewesen wären. Dortselbst frug mich ein Abteilungsleiter, ob ich nunmehr eine Kolumne „Aus der Zentralstelle" zu schreiben gedächte. In Anbetracht meines durchaus intakten Überlebenswillens und eingedenk der Tatsache, eine Kanzlei mit schrägem Kippfenster im 14. Stock innezuhaben (beim Öffnen meint man, in den Donaukanal gesogen zu werden), habe ich nicht die Absicht, von dieser Anregung Gebrauch zu machen!

In diesem Sinne, frohes Wehrschaffen und schöne Grüße an alle, die sich meiner gerne erinnern und an die, die es ungern tun,

Euer Ex-Chef nach Überwindung des Einstiegsschocks.

---

[4] Civil Military Cooperation = zivil-militärische Zusammenarbeit.

Gunther Spath
schon drei Wochen im Bundesamtsgebäude,
in spannungsvoller Erwartung der nächsten Dienstklasse
(wozu lässt man sich denn schließlich versetzen?)

Wien, hochsommerlich

Briefe aus dem Exil

(Fortsetzung erst im Herbst, nach heimatlichem Zwischenspiel) AUSGABE 2

Verehrtester Kundiger der besonderen militärischen Heilkunde!

Hier ist also der zweite Bericht zum Wiener Alltagsleben aus der Sicht eines unverbesserlichen Provinzlers.

So ein Tag im Bundesdorf entbehrt nicht gewisser Spannung und Abwechslung und immer neuer, liebenswerter Details. Dabei geschieht die Konsumation von Attraktionen verschiedenster Art völlig zwanglos und zum Gutteil auch unfreiwillig, jedoch ohne wirkliche Chance, der Sache zu entrinnen.

Wem, zum Beispiel, ist es zu Hause jenseits von Semmering und Wechsel schon vergönnt, das pralle großstädtische Leben der mehr oder weniger ortsansässigen Bevölkerung, vornehmlich der „Volk" in seiner unverfälschtesten Form darstellenden Schichten unmittelbar vor seinem Fenster als abendliche Schlafuntermalung zu genießen? Vor die Wahl gestellt, zu ersticken, wenn man sich nämlich der Außenluft mittels geschlossenen Riegels verwehrt, oder eine kostenlose Live-Vorstellung Qualtingerscher Opulenz geboten zu bekommen, liegt man also zwischen Mitternacht und 4 Uhr früh im Bett, mit exzellenter Schallbündelung aus Richtung Spitelberg-Viertel und lauscht den von dort servierten sprachlichen Kostbarkeiten (keine Erfindung oder Abschrift aus Wiener Brettl-Szenen, sondern Originalton, wie ich betonen möchte!):

„Hearst, Oida, wos scheißt die denn o wegn dera Schlampn? Loss bleibn und sauf ma no ane, kumm, sei net a so! Und de Orschlecha von deina Plattn solln se schleichn, de Trottln, de gschertn!"

„Und da Wedl, da Dingsdo, da ..., mei, is mir schlecht, dabei wor da Charly a dreimol soa fett wia i, oba de Todln ..., mei is mir schlecht, i glab, i muaß speibn ..." Den Worten folgen Taten.

Weibliche Stimme: „Geh kumm, gemma ham, i mog neama, de hom jo olle an Fetzn!"

Männliche Stimme 1: „Oba geh, jetzt werd erst a Hetz, da Kurti, da Spinnate, braucht no a Viertel, dann drah ma mitanonda des gonze Kretzl um mitsamt denna teppatn Wirtn. Host den Haberer gsegn, den ozwicktn? Und der wüll ma wos dazöhn von da Hockn ... Geh, Oide, bist bled wurn, wo rennstn hi?"

Männliche Stimme 2: „Loß renna den Hosn, wonn a spinnt, gibt eh gnua ondere!"

An den Litfasssäulen hängen diverse Werbungen und Veranstaltungsankündigungen, wobei derzeit die roten Plakate mit der bemerkenswerten Feststellung „Wien ist andersrum!" besonders auffallen. Der darauf gezeichnete Pianist mit heruntergelassener Hose – man muss ja auch für Analphabeten deutlich machen, worum es hier geht – ist selbst von den Scharen ostasiatischer, mit einer schier unglaublichen Auswahl an Produkten der Fotoindustrie behangener Touristen eindeutig als Schubert Franzl zu identifizieren. Angeblich wölbt sich sein Grab infolge der im Inneren desselben stattfindenden Rotation bereits erheblich auf! Die Werbung für das Schwuchtelfestival wird übrigens auch im öffentlich-rechtlichen Staatssender verbreitet – es kann nur noch eine Frage der Zeit sein, bis man sich rechtfertigen muss, weil man als Mann was mit einer Frau und umgekehrt hat statt mit eigenen Geschlechtsgenossen!

Um nicht missverstanden zu werden: Die sexuelle Orientierung einzelner Menschen ist Privatsache und, solange die konkrete Ausübung nicht die Rechte anderer beeinträchtigt, kein Anlass für Diskriminierung. Ich persönlich bin weder ein dem Sexuellen besonders abholder Mensch noch ein Moralapostel. Aber das inzwischen zur Mode gewordene, penetrante Vor-sich-hertragen vor allem gleichgeschlechtlicher Veranlagung geht nicht nur mir ziemlich massiv auf die Nerven. Es ist weder eine besondere Leistung noch auszeichnungswürdig, homosexuell zu sein. Mir geht ja auch das übertrieben virile oder feminine Gehabe mancher Heteros auf den Geist und ich halte das ständige Anpreisen sexueller Wünsche und Anlagen für eine schlichte Belästigung der Mitmenschen. Und wer „Love Parade" und „Life Ball" für hochwertige zivilisatorisch-kulturelle Leistungen hält, dem empfehle ich, historische Abhandlungen über die von der Gesellschaft in der Stadt der sieben Hügel am Tiber am Weg in den Untergang des Imperium Romanum gepflogenen Lustbarkeiten zu lesen.

Wie schrieb doch einer der Verfasser eines solchen Werkes „Rom ging sang- und klanglos unter. Es wurde nicht wie Hellas besiegt, zerfetzt, verschlungen … es verfaulte."[5]

Damit zu Erbaulicherem, zu meinem bekannten Hobby, dem Ausdauersport, dem ich auch in der vormaligen Reichshaupt-

---

[5] Joachim Fernau: „Cäsar lässt grüßen".

und Residenzstadt zu frönen versuche. Der regelmäßige Laufausflug in den Wiener Prater bringt immer wieder wundervolle Einblicke in das tolerante Zusammenleben von Menschen, die sich auf verschiedene Art und Weise fortbewegen – im konkreten Fall tummeln sich auf und beiderseits der Hauptallee Spaziergänger, Läufer, Skater, Radfahrer, Reiter, Traber und – abschnittsweise – Autofahrer. Letztere betrachten *alle* zuerst genannten Gruppen als ideale Zielscheiben, vor allem dort, wo sich infolge einer Straßenverzweigung die Wege kreuzen. Besteht die Gefahr, das anvisierte Objekt eventuell weit zu verfehlen, so wird, je nach Lage, entweder wild aufs Gas gestiegen oder die Fahrt gedrosselt, jedenfalls so, dass eine möglichst nahe Begegnung der unangenehmen Art sichergestellt wird.

Für die Reiter gibt es eine eigene, circa acht Meter breite Piste. Auf einem schmalen Streifen am äußersten Rand davon bewegen sich, weil weicherer Untergrund als am benachbarten Asphaltband, auch etliche Läufer Richtung Lusthaus und retour. Nun neigen bemannte oder beweibte Pferde in regelmäßigen Abständen zur Darmentleerung, zu welchem Behufe sie durch den Rosschauffeur (oder die chauffeuse) elegant auf just *diesen* Streifen gelenkt werden, denn die Sauberkeit der verbleibenden siebeneinhalb Meter ist den Equilibristen ein Herzensanliegen. Zwar ist das stoffwechselnde Vorhaben, wegen der unmittelbar daneben befindlichen Bäume, gar nicht so einfach zu bewerkstelligen und die behuften Vierbeiner folgen oft nur widerwillig und ganz bestimmt nicht dem eigenen Drange, jedoch gelingt es den geschickten Hobbykavalleristen fast immer, das angestrebte Ziel voll zu treffen und damit einen erheblichen Beitrag zum gegenseitigen Verständnis und zur Toleranz zu leisten, die sich in freundlichen Aufforderungen der mit dem Ergebnis der reiterlichen Mühen Konfrontierten niederschlägt, wie zum Beispiel „Foll oba und brich da's Gnack, du Oasch!"

Weiter zum Dienstlichen: Das bekanntlich nach den neuesten Erkenntnissen der Baubiologie errichtete Bundesamtsgebäude birgt in seinem Inneren mehrere äußerst effiziente elektrische Einrichtungen. Besonders lobend erwähnen muss man die Klimaanlage, die die zwischen den Mauern eingesperrte Luft so wirkungsvoll umwälzt, dass sich ein Sekretärinnenschnupfen aus der 1. Etage mit großer Effizienz und auf wirklich sparsame, rationelle Weise in kürzester Zeit über 16 Stockwerke verbreitet. Fenster öffnen ist in vollklimatisierten Bauten wie diesem zumindest theoretisch mangels entsprechender Schnallen oder Hebel nicht möglich, wird aber eben deshalb hingebungsvoll betrieben, zum Funktionieren dieses illegalen Öffnungsbetriebes siehe weiter unten.

Aus unerfindlichen Gründen ziehen inzwischen die Mehrzahl der hier einen Teil ihrer Tage fristenden Personen es vor, bei abgeschalteter Klimaanlage zu schwitzen (derzeit) oder zu frieren (spätestens ab September). Dass sich jede Abteilung inzwischen eine provisorische Fensteröffnungsschnalle besorgt hat, muss ich ja wohl nicht extra erwähnen? Wahrscheinlich überrascht es auch niemanden, dass die amtlich beauftragten, alle paar Monate auftretenden Fensterputzer nebenbei der heroischen – und völlig sinnlosen – Beschäftigung nachgehen, die Rahmen der gesäuberten Scheiben fest zu verriegeln, auf dass, kaum sie eine Kanzlei verlassen haben, der nächstbeste Bedienstete mit der oben erwähnten Schnalle in der Hand die sorgsam verschlossenen wieder entriegelt.

Eine eigene Untersuchung wert wäre der Anteil an Hilfstätigkeiten, die man als Referatsleiter so im Laufe eines Tages vollbringt. Da es biedere „Schreibkräfte“ oder gar „Gehilfen“ praktisch nicht gibt und unsere ministerielle Gruppe mit immerhin fünf Abteilungen mit geschätzt achtzig Angehörigen einen (!) Kraftfahrer besitzt – ist vom Postholen übers Verteilen bis zum Ablegen alles dein Privatvergnügen. In der Arbeitsplatzbeschreibung scheint dergleichen „Minderwertiges“ selbstverständlich nicht auf, dafür wimmelt es von lauter Tätigkeiten allerhöchster akademischer Qualifikation, aber wie heißt es so schön: Willkommen auf der Erde!

Damit genug, in Vorfreude auf drei Wochen Heimat grüßt Dich und alle Kameraden Euer

Aktenträger d.s.F. (der strategischen Führung).

Gunther Spath, frisch befördert
(für irgendwas muss das hier ja gut sein!)
begonnen am denkwürdigen Tag,
als aus drei Sternen einer wurde

Wien, im gar nicht leeren Sommerloch

Briefe aus dem Exil

AUSGABE 3

Verehrter Medizinmann!

Dieser Brief ist eigentlich ein Nachtrag aus der Zeit vor meinem dienstlichen Heimatintermezzo, wurde aber auf Grund diverser Umstände erst jetzt fertiggestellt und enthält daher eine Ergänzung aus der aktuellen Wiener Szene August – September.

Ganz ohne Sarkasmus: Die Beförderungsfeier in der Ruhmeshalle des Heeresgeschichtlichen Museums (HGM) war würdig, die Einbindung der Verleihung der Milizarbeitspreise hat unter anderem auch dem Kommandanten einer bestimmten Jägerbrigade die Gelegenheit gegeben, Dankesworte an den Herrn Bundesminister zu richten, was er in markig-steirischer Art erledigt hat. Besagter trägt noch dazu den Namen einer wesentlichen steirischen Biersorte, unwesentlich verkürzt. Dies motivierte einen unweit von mir sitzenden Milizoffizier aus der Grünen Mark zu folgendem, leicht abgewandeltem Gebot „Ich bin der Herr, dein Puntigam, Du sollst nicht haben andere Puntigamer neben mir!"

Ich persönlich hätte dieser Veranstaltung noch viel mehr abgewinnen können, hätte ich mich nicht am Tag zuvor auf ein

Abenteuer eingelassen, dessen Folgen unter das Motto „Selbst schuld!“ fallen. Jedenfalls war das lange Sitzen in besagter Ruhmeshalle eine Qual für alle Muskeln und Sehnen meiner unteren Extremitäten und das aus gutem Grund: Ich habe an jenem schönen, sonnigen (!) Sonntag, den 29. Juni, dieweil meine Söhne an den Österreichischen Leichtathletik-Juniorenmeisterschaften in Mödling teilnahmen, selbst auch etwas leisten wollen und mich, in völliger Unkenntnis der näheren Umstände, zum Volkslauf „Rund um den Lainzer Tiergarten“ begeben: 25 Kilometer in schattigem Waldgelände, mit insgesamt 660 Metern Höhenunterschied, was soll da einem Marathon- und Berglauferfahrenen wie mir schon passieren?

Nun, um es kurz zu machen: Am Ziel dieses Abenteuers, gegen das jeder Marathonlauf auf gut Wienerisch ein wahrer „Lercherlschas“, um nicht zu sagen, ein Faschingsfest für Kleinkinder, ist, frug ich den Veranstalter, ob ich hier richtig an der Stelle wäre, wo man den Stempel aufs Hirn bekäme: „Amtsärztlich beglaubigter total Irrer?“

Denn nur Wahnsinnige können diese Aneinanderreihung von zum Teil verschlammten, zum Teil halb zugewachsenen, gelsen- und zeckenverseuchten Ho-Tschi-Minh-Pfaden, mit Bergaufpassagen, bei denen Gämsen laut um Steigeisen zu weinen beginnen und Asphaltstücken, auf denen einen die Mittagssonne – läppische 33 Grad knapp vor dem Ziel! – in Minuten gar kocht, der Organisator außer zwei Wasserstellen mit tatsächlich Wasser und sonst nichts keinerlei Streckenbetreuung vorsieht, wo einen nach zwei Dritteln der Strecke ein Mitleidender aufklärt, er hätte nun die Grenze zwischen Sinn und Irrsinn endlich klar definiert, wir seien jedenfalls schon auf der anderen Seite, wo man vier Kilometer vor dem Ziel, also bereits in einem Zustand jenseits normalbürgerlichen Schmerzempfindens, nur noch vom Willen, den Veranstaltern dieses multiplen Folterexzesses nicht den Triumph des

Aufgegeben-habens zu bieten, vorwärtsgetrieben, bergab über eine Endlostreppe mit den schmalsten, je durch Steinmetze in Mitteleuropa gefertigten Stufen nicht etwa läuft, sondern sich hinunter windet, gegenwärtig, im Falle eines Sturzes mangels vorbeugend nummerierter Knochen selbst vom begnadetsten aller Chirurgen, sollte er im Wiener Allgemeinen Krankenhaus wider Erwarten anzutreffen sein, nicht mehr zusammengeflickt werden zu können und einer abschließenden Zwei-Kilometer-Asphalt-Geraden, unmittelbar neben und genau gegenläufig zum bekannt geringen, langsamen und schadstoffarmen Verkehr auf der Westautobahn, ernsthaft für etwas anderes als Dantes Vorhof zur Hölle halten.

Das war gewiss der längste Satz, den ich je produziert habe, er alleine wird dem Ereignis gerecht.

Jedenfalls wissen seit diesem Sonntag außer mir noch ca. 120 Leute, was der Mensch mit seinem Körper alles anstellen kann, bevor sich dieser einen neuen Besitzer mit einer weniger abnormalen Veranlagung sucht. Wie mich bei der oben erwähnten Veranstaltung im HGM ein nicht eben unerfahrener Marathonläufer, mehrfacher Seniorenmeister, im Hauptberuf Gruppenleiter in meinem Ministerium, aufklärte, sei in der Wiener Laufszene bekannt, dass man diese Veranstaltung unmöglich mitmachen könne, weshalb auch 90 Prozent des Teilnehmerfeldes jedes Jahr aus Neulingen (er vermied taktvoll das Wort „Teppen") bestünde. Der Rest der Mehrfachläufer sind, konkreten Verdachtsmomenten nach, amtsbekannte Masochisten.

Die Startnummer kann man übrigens anschließend als Gutschein für ein warmes Buffet im Novotel neben der Ziellinie verwenden. Ich vermute, dass der Betrieb dadurch nicht in ein Defizit geraten wird, weil restlos übersäuerte und ausgepumpte innere Organe auf den Versuch, ihnen gebratene Fleischbällchen und ähnliche Köstlichkeiten zuzuführen, mit sofortiger Rückgabe in unverdauter Form zu reagieren pflegen. Einzig die Getränkeindustrie dürfte dieses Ereignis als Bocksprung in der jährlichen Verkaufsbilanz feststellen.

Nun aber zum früher versprochenen Nachtrag aus dem immer fröhlichen Großstadtleben. Wie Ihr sicher den einschlägig informierenden Medien entnommen habt, haben ein paar Leute im Bundeswasserkopf das Nachrichten-Sommerloch dazu genutzt, am innerstädtischen Platz, genannt Fleischmarkt – beziehungsvoller Name in diesem Zusammenhang! – vor einer so genannten Beratungsstelle zu demonstrieren, die einen für, die anderen gegen den Schwangerschaftsabbruch. Ohne in den Ruf bösartiger Inhumanität kommen zu wollen: Manche der Protagonisten dieser traurigen Veranstaltung hätten der Menschheit möglicherweise etwas erspart, wenn ihre Eltern sich die Freude von Zeugung und Geburt erspart hätten. Von Pro- wie Contra-Seite sind wahre „Fundis" (man beachte, wie gut ich mein fortschrittliches Neudeutsch schon gelernt habe!) aufgeboten worden.

Westbahn-Kurtis[6] himmlische Legionen, zum Teil wahre „Sakristeispinnen und Monstranzmäuse" (das Urheberrecht für diese typologische Beschreibung besitzt übrigens ein Grazer Studentenseelsorger!), verteidigen angeblich das Leben und ihnen gegenüber stehen so charmante Vereinigungen wie der „Revolutionsbräuhof", ein Anarchistenklub, der zum Beispiel beim Ableben der Ex-Kaiserin Zita so geschmackvolle Flugblätter wie jenes: „Na, endlich ist sie hin!" herausgebracht hat oder die „Initiative Emma". Einer der mit dem unübertroffenen Wiener Charme gesegneten Zuschauer erklärte dazu, wenn er so aussähe wie manche der Mitglieder, werde er auch

[6] Diesen hübschen Spitznamen trug der sowohl wegen seiner Leibesfülle wie der damit im Zusammenhang stehenden Lebensweise wie seiner bemerkenswerten Ansichten über Gott und die Welt ringsum berühmte St. Pöltener Diözesanbischof Kurt Krenn.

Emanze – welche andere Möglichkeiten böten sich einem schon?

Gehässigerweise hat die bekannt vergnügungsfeindliche Polizei schon am zweiten Tag den unmittelbaren Platzbereich für Kundmachungen gesperrt und damit den in Scharen zwecks „Demo-Schauen“ angerückten gemeinen Wiener Männlein und Weiblein die Aussicht genommen, eventuell „a Hetz“ zu erleben. Es machten nämlich einige Fanatiker durchaus den Eindruck, im Zweifelsfall dem Grundsatz „a poar Watschn san schnöll obaghaut!“ einiges abgewinnen zu können.

Einer meiner nach wie vor beliebtesten Studienbereiche ist der Großstadtverkehr in der speziellen, einzigartigen Wiener Version. Bekanntlich ist der ortsansässige „Weana“ ein leidenschaftlicher, zumeist mit den zwei Haupttätigkeiten „Stehen im Stau“ und „Suchen eines Parkplatzes“ beschäftigter Autofahrer, der dem Argument, dass man mit „Lochwurm“ (U-Bahn) und „Bim“ (alias „dö Tram“) circa dreimal schneller an jedes Ziel kommt, absolut verständnislos gegenübersteht. Wenn ich zum Beispiel an einem schönen Dienstag Vormittag zwecks dringender dienstlicher Absprachеverrichtungen ins Innenministerium oder Bundeskanzleramt zu eilen habe, geschieht es nicht selten, dass mir eine der beamteten Damen unserer Gruppe freudestrahlend mitteilt, heute stünde **das** Auto mit **dem** Kraftfahrer – wir erinnern uns, es gibt für circa 80 Leute nur einen! – zur Verfügung.

Mein Kommentar, damit würde ich dreimal so lang für den Weg brauchen als mit öMVkM[7], löst fassungsloses Unverständnis aus. Wie kann man ein Auto nicht benutzen, wenn es doch dasteht, warum dieses wundervolle Erlebnis des Innen-

[7] Öffentliche Massenverkehrsmittel, Einrichtung zum Ausüben ungewollt engen Körperkontaktes zwischen einander wildfremden Personen, vor allem in den Morgen- und Abendstunden.

stadtverkehrsstaus mit seinen nervlich so ruhigen, nie Klang- und Lichthupe exzessiv nutzenden Profiautomobilisten entbehren?

Was das goldene Wiener Herz aber wirklich erregt, ist, wenn vor ihm ein Glücklicher das baldige Freiwerden einer Parklücke registriert, daher ungerührt anhält und auf die mehr oder weniger langwierigen Rangier- und Reversiermanöver des Vorbesitzers des begehrten Pflasterfleckens wartet. Gelingt es dadurch, wie neulich unweit des Bundesamtsgebäudes beobachtet, nicht nur den gleichgerichteten, sondern auch den entgegenkommenden Verkehrsstrom kurzfristig zum Erliegen zu bringen, so kann man das schöne Spiel von menschlicher Geduld, Toleranz und Ruhe in voller Breite studieren.

Da wird gehupt, dass die Tauben vor Schreck vom Dach fallen, bzw. ungünstiger für die Fußgänger, etwas fallen lassen. Furchterregende Grimassen lassen erahnen, welche phantasiereichen Wortkonstruktionen hinter geschlossenen Autoscheiben soeben geboren und Fäuste geschüttelt werden. Eingehende Analysen haben ergeben, dass es drei Gründe für dieses Verhalten gibt:

1. Blanker Neid, weil einer bekommt, was alle möchten, oder
2. Ersatz der versäumten Morgengymnastik bei gleichzeitiger Erprobung der Funktionstüchtigkeit der autoeigenen Warn- und Alarmeinrichtungen, oder
3. die Erwartung, dass sich das Objekt der so intensiv gezeigten Ablehnung unter dem Eindruck des Geschehens in Luft auflöst und solcherart nicht nur die Weiterfahrt ermöglicht, sondern das einzig Vernünftige tut, was nach Ansicht jedes benzin- und dieselgetriebenen Zeitgenossen alle anderen Autofahrer tun sollten: „Se schleichn"!

Der schon im letzten Brief gewürdigte Spitelberg sorgt auch weiterhin nächtens für Unterhaltung. Seit einiger Zeit begibt sich mindestens einmal wöchentlich der vermutlich absolut letzte Gast – denn es ist so um halb vier Uhr früh – auf die Straße und torkelt quer durch den 7. Bezirk, dessen großteils ruhende Bewohner mittels eines unwahrscheinlich lauten Stimmorgans aus dem wohlverdienten Schlaf reißend. Ich vermute, dass nicht nur ich um diese Zeit mit einiger Verwirrung reagiere, wenn jemand mit einer Stimme wie ein Nebelhorn einen ungebremsten Schwall von Verbalinjurien, unter denen ein besonders lautes „ös Oarschlecha mitananda“ wegen der häufigen Wiederholung besonders hervorsticht, von sich gibt, ohne irgendwann eine erkennbare Pause zwecks Luftschnappen einzulegen.

Dienstlich wird derzeit die Arbeit durch die Umstellungsarbeiten im Fernmelde-Ortsknoten Wien erleichtert. Abgesehen von der Tatsache, dass das Telefon auf meinem Schreibtisch vermutlich aus der ersten Serienproduktion knapp nach Bells Patentanmeldung stammen dürfte, ist es ein Quell der Freude, wenn man zum Beispiel den Institutsleiter einer Akademie anwählt und nacheinander mit derselben Rufnummer das Datenverarbeitungsamt, die Ministerialbibliothek und schließlich irgendeinen der zahlreichen Wiener Kasernkommandanten erwischt. Die Sache ist allerdings nur noch halb so lustig, wenn man die Absicht hat, mit einer begonnenen Arbeit irgendwann fertig zu werden, aber Absprachen bestenfalls mit einer völlig genervten Vermittlungsdame tätigen kann. Inzwischen ist in meiner Phantasie das Bild eines sich in seine Bestandteile auflösenden Fernsprechapparates nach freiem Fall aus dem 14. Stockwerk eines bestimmten Bundesamtsgebäudes schon sehr detailreich und konkret vorhanden. Noch hält mich meine Erziehung von der Vollbringung der psychisch sicher entlastend wirkenden Tat ab.

Es grüßt Dich und alle Kameraden aus dem sauschwülen Bundesnest mit der abschließenden Frohbotschaft, dass wir zumindest innerhalb unserer Abteilung die Arbeit an den Grundlagen für Eure Umorganisation[8] abgeschlossen haben und wir nun harren, was die höheren Etagen dazu sagen werden,

Euer vorgeschobener Wien-Beobachter.

P.S.: Als Beilage darf ich heute ein im täglichen Betrieb ebenso einfach wie günstig umzusetzendes Merkblatt verteilen.

[8] Umorganisieren ist mangels politischen Willens zur Finanzierung einer wirklich effektiven Streitmacht das Lieblingsspiel im Bundesheer – man plant wundervolle Truppen, die nie personell und materiell befüllt werden können.

Beilage zu Brief Nr. 3

Wenn Sie den täglichen Trott und Stress nicht mehr aushalten...

Haben Sie es satt, sich von Chef, Kollegen und Sekretärin herum schubsen zu lassen?

Ödet Sie ihre tägliche Arbeit an?

Können Sie ihren PC/Telefon/Postmappe/Kalender (zutreffendes ankreuzen) einfach nicht mehr sehen?

Gehen Sie zu einer Besprechung!

Dort können Sie

- in Gesellschaft Gleichgesinnter Kaffee trinken,
- launige Bemerkungen über die Arbeit anderer machen,
- bei Bedarf mit Folien, Punktationen und Projektentwürfen Eindruck schinden,
- simple Gedankengänge auf Tafel und Flip-Chart zu Superideen aufblasen oder
- einfach nur dasitzen und ein Schläfchen halten.

Besprechungen

Die ideale Alternative zur Arbeit!

Und das mit Genehmigung des Arbeitgebers!

Gunther Spath, in der Gewissheit,
dass ein kleiner Chef in Kärnten mehr ist
als ein großer in Wien,
sitzend in engem Büro nächst dem Donaukanal

Wien, frühherbstlich verklärt

Briefe aus dem Exil

AUSGABE 4

Verehrter Kundiger der besonderen militärischen Heilkunde!

Wie unser militärgeographischer und kultureller Freund Rudi gewiss detailreich erzählt hat, veranstalteten wir ein wunderhübsches Symposium, Titel:

„PARTNERSCHAFT FÜR DEN FRIEDEN – Workshop über den Schutz von Kulturgütern durch die Streitkräfte“

Aus dessen Ablauf darf ich eine Militärschnurre zur Kenntnis bringen. Wie bei mir üblich, ist sie aus dem unerschöpflichen, durch keine Phantasie ersetzbaren, stetig sprudelnden Born der alltäglichen Realität gespeist:

Ein gar gewaltig internationales Forum ward versammelt zum Heile und höheren Nutzen der Kultur und deren Schutz und zum Behufe der Beschäftigung desselben waren zur allgemeinen Erbauung und ersprießlichen Erfreuung am 3. Tage Arbeitsgruppen in zahlreichen Lehrsälen der Landesverteidigungsakademie vorgesehen, unter denselben auch solche, über welche eine der hervorragenden Betriebsversorgungsstellen des hochlöblichen Militärkommandos von und zu Wien gebietet.

Und es begab sich, dass seitens der veranstaltenden Abteilung des respektablen Ministeriums für landesverteidigliche Angelegenheiten ein Oberst geheißen wurde, zu beschriften die Türen, auf dass nicht irrten die Arbeitsgruppen ziellos, dem Verhungern und Verdursten preisgegeben, durch die Gebäude. Und ward solches getan, weil, denket an meine Schreiben früheren Datums, nicht Gehilfe noch Schreibkraft niedrigeren Grades und Titels für dergleichen anspruchsvolle Tätigkeit zu finden in den Weiten des ministeriellen Hauses. Und klebte besagter Oberst mit Fleiß und Gewissenhaftigkeit die richtigen Nummern der Gruppen auf die jeweils *rechten* Türen der Säle.

Und es begab sich weiter, dass ihm folgte ein weibliches Wesen, entsandt von erwähnter hochlöblicher Betriebsversorgungsstelle, aufzuschließen die Stätten des Lehrens und schloss auf jeweils die *linke* Tür. Und als besagter Oberst die holde Gestalt angesichts ihres Tuns mit Besorgnis befragte, warum sie nicht möge aufsperren jene Türen, an der hefteten seine Schilder und daher die erwarteten Berater mit großer Wahrscheinlichkeit würden hinlenken ihre Schritte zu diesen, welche sie zu großem Befremden möchten vorfinden verschlossen, da wurde ihm Antwort dergestalt: „Wir sperren **immer** die linken Türen auf ...“

Damit zu meinem ministeriellen Alltag: Nach mehrmonatigem eingehendem Studium der Abläufe in diesem, außen von Beton und innen von Kopierpapier zusammengehaltenem Gebäude vermeine ich, die wesentlichen Grundsätze zentralstelleneigener Arbeit durchschaut zu haben. Zum Bedauern vieler Alteingesessener habe ich nicht die Absicht, mich an sie zu gewöhnen, womit wahrscheinlich meine Schwierigkeiten mit dem „System“ für die nächsten Jahre vorprogrammiert sind.

Wenn meine Kolumnen, Glossen und Kommentare früherer Zeiten manchmal aus Mutmaßungen bestanden haben, warum manche Dinge so laufen, wie sie es tun, aber eigentlich nicht sollten – mit einer Serie „Aus der Zentralstelle“ könnte ich nun den Beweis antreten. Wie aber in einem früheren Brief schon dargelegt, werde ich diese im Interesse des eigenen Überlebens nicht schreiben.

Denn aus Gesprächen mit honorigen Mitgliedern dieses bürokratischen Zellhaufens entnehme ich die verblüffende Meinung, dass ich ja nun wohl gesehen hätte, dass meine Ansichten zu revidieren seien. Wenn ich auf solches Ansinnen mit erhobenen Augenbrauen und einigem Erstaunen reagiere, ja betone, dass bisher wenig bis nichts geschehen sei, was meine vorherigen Ansichten für etwas anderes als mit hoher Wahrscheinlichkeit die Wahrheit erscheinen ließe, reagiert man mit Unverständnis, Abrücken und Anzeichen deutlichen Zweifels an meiner geistigen Normalität.

Die Leitlinien gekonnten ministerialbürokratischen Handelns und zwar in allen Zentralstellen also sind – und als eifriger Leser alter Schriften und Anhänger der Traditionspflege habe ich den Verdacht, schon seit k. u. k. Zeiten – unverändert (Vorsicht, beim Folgenden wird dem Leser einiges dabei abverlangt, ernsten Hintergrund und satirische Überhöhung auseinanderhalten zu können!):

1. Die Form steht grundsätzlich über dem Inhalt. Wer die Kunst des Ausfüllens von Referatsbögen fehlerfrei und entsprechend trickreich beherrscht, kann in einen Akt völligen Schwachsinn verpacken – er hat dennoch hervorragende Chancen, ungehemmt auf die Betroffenen losgelassen zu werden, um beispielsweise jedermann zu verwirren oder nutzlose Beschaffungsvorgänge einzuleiten, die nie in einem konkreten Ankauf enden oder Leute irgendwohin zu irgendwelchen abstrusen Tätigkeiten zu schicken.

2. Hinterfrage nie den Sinn von Riten! Noch unverbildete höhere Beamte, die naiv an die Kraft logischer sachlicher Überlegungen und deren zu Papier-Bringung in passablem Deutsch glauben, lernen bald, wie, der Kanzleiordnung kundige Hilfsreferenten und -innen derart unangebrachte kreative Regungen mit triumphierendem Hinweis auf falsche Geschäftszahlenverwendung, ungenügende Fertigungsklauseln und nebulose Vorschreibungen niederbügeln. Es ist für einen, der nicht in diesem System groß geworden ist, faszinierend, zu beobachten, wie durchaus intelligente, akademisch gebildete Leute in den Fängen von Parkinsons Gesetz und Peters Prinzip (als ich diese Werke zum ersten Mal las, hielt ich das für gelungenen Humor ohne Realitätsbezug, welch Irrtum!) zappeln und sich diesem, jeder raschen, effektiven Umsetzung abholden, ja allein den Versuch solchen Handelns für eine bösartige Unterlaufung in Jahrhunderten entwickelter Riten haltenden Bürokratiegespinst ergeben. Oder welchen sachlichen Grund kann es geben, dass man an bestimmte Vorgesetzte nicht in der üblichen Form herantreten darf, sondern nur mittels eigens entwickelter Formulare und nur über ganz bestimmte Stellen? Und gnade Dir Gott, es fehlt irgendeine Paraphe ...

Die „Nachvollziehbarkeit des Aktenlaufes" und das possierliche Befragen von jedem halb Zuständigen zu jedem noch so unbedeutenden Detail haben absolute Priorität vor allem, was man für rasch und effizient halten wollte. Es ist keineswegs tröstlich, dass diese Aussagen für alle Ministerien dieser Republik gelten – aber es erklärt einiges in diesem Staat, was dem biederen Bürger sonst unverständlich bleiben muss.

Und über allem steht die Möglichkeitsform, das wollen wir uns besonders merken! Aus unerklärlichen Gründen legt die Maria-Theresianische Kanzleiordnung, die in allen Bundesministerien der Republik Österreich auch 250 Jahre nach der

Herrschaft der großen Kaiserin und 80 Jahre nach Ende der Monarchie nach wie vor in Kraft ist, fest, das am Referatsbogen wie folgt zu formulieren ist: „Es hätte zu ergehen ...“, „Es wäre um Stellungnahme zu ersuchen …“, „Es wäre zur Besprechung einzuberufen ...“ usw. Versuche, bei altgedienten Urwiener Bürokraten Erklärungen für diese Skurrilität zu erhalten, enden grundsätzlich in der Wirklichkeitsform, die da lautet: „Wei dös imma scho so wor!“

3. Nutze die Halbinformation! Wenn man etwas unbedingt hinaus bekommen will, „vergisst“ man bei den „Einsichtsvorschreibungen“ einfach ein oder zwei Abteilungen, auch wenn sie aus sachlichen Gründen mit zu befassen wären. Kann natürlich, wenn irgendein gemeinsamer Vorgesetzter aufpasst, schwer in die Hose gehen, gelingt aber auch immer wieder, wie manche unter dem Deckmantel einer amtlichen Geschäftszahl verborgene Köstlichkeit beweist! Umgekehrt, wenn man eine Sache absolut nicht haben will, schreibt man sie zur Stellungnahme einem ganzen Rudel halb- bis unzuständiger Stellen vor, bevorzugt solchen, von denen man weiß, dass sie nicht für ihren fleißigen Drang zur raschen Erledigung bekannt oder – noch viel besser! – erklärte Gegner des betreffenden Projektes sind. Mit etwas Glück schafft man solcherart die Zündung eines „Satellitenaktes“, sprich, das Ding geht in eine interministerielle Umlaufbahn, aus der es die nächsten zwei Jahre nicht mehr wiederkehrt. Mit noch mehr Glück sitzt dann schon ein anderer am „Lande“-Schreibtisch, der mangels Ahnung über den Vorgang sowieso gezwungen ist, das Rad neu zu erfinden.

4. Sachlich recht haben – was heißt das schon? Dringt ungeachtet aller Widrigkeiten etwas Gescheites, gut Überlegtes und daher logischerweise nicht bei allen Beliebtes bis zu entscheidender Stelle vor, dann beginnt die Angst vor der Politik bzw. die seitliche Einflussnahme durch Leute, die zwar ihr

Geld nicht aus Parteikassen beziehen, aber aus unerfindlichen Gründen meinen, irgend so einem Klub mehr verpflichtet zu sein als der eigenen Institution. Auch kommen in diesem Stadium öfters die faszinierendsten aller Argumentationen zum Tragen, beispielsweise: „Warum sind Sie dagegen?“ Antwort: „Weil ich dagegen bin!“ oder „Dieser Ablauf ist doch rationeller?“ Antwort: „Stimmt, aber dann wäre ich überflüssig!“ oder „Jetzt warten wir schon drei Monate auf Eure Stellungnahme?“ Antwort: „Der zuständige Sachbearbeiter ist krank/auf Urlaub/Auslandsdienstreise in Dschibutti bzw. konnten folgende Experten noch nicht befragt werden: der Hund des Abteilungsleiters/der Straßenbahnkontrollor/die Putzfrau/die Gebäudeverwaltung/ der Nachbar beim Mittagessen.“

5. Fahre ins Ausland und lasse Dich bilden! „Go international“ ist bekanntlich groß in Mode. Vor die Abreise aber haben die Götter des olympischen Bürokratiethrones den Auslandsdienstreiseakt (ADR) gesetzt, unkompliziert und leicht verständlich und mit garantierter Wartefrist von mehr als einem Jahr (nämlich aufs Geld!). Angesichts des enormen Nutzens der diversen Kurs-, Seminars-, Besprechungs- oder auch reinen Lustbarkeitsaufenthalte zwischen Island und Sri Lanka nehmen wir das aber gerne in Kauf. Wie ich inzwischen nachdrücklich belehrt wurde, ist nicht die köstliche Nutzanwendung dessen, was man auf so einem staatlich genehmigten Auslandsaufenthalt sieht und hört, wichtig, sondern dass „Österreich präsent war“ (und die Arbeit im Inland liegengeblieben ist – boshafter Zusatz durch mich).

Wir gehen allerdings noch nicht so weit wie eine ehemalige Ostblock-Nation, die zum Beispiel zu einem Seminar in Schweden (Kurssprachen Schwedisch, Englisch, Deutsch) einen Teilnehmer entsandte, der in keiner der drei Sprachen auch nur ein Frühstück bestellen konnte – genauer gesagt, in gar keiner außer Moldawisch, das wiederum außer ihm keiner verstand. Aber er war zwei Wochen lang pünktlich, ruhig und störte keinen Vortrag durch vorlaute Bemerkungen, wenn auch die Kommunikation mit den anderen Kursteilnehmern etwas einsilbig ausfiel. Diese Anekdote ist übrigens, wie ich betonen möchte, keine satirische Überhöhung, sondern die Realität der europäischen Integration 1997! Wir kommen auf Moldawien in diesem Brief noch einmal zurück.

Nach diesen zarten Andeutungen könnte jemand den leisen Verdacht bekommen, dass mir Umfeld und Arbeit derzeit zu Teilen etwas skurril erschienen. Nun ja, ich habe mehrmals am Tag das Gefühl, mich nicht in Österreich, sondern an einem exotischen Ort fern der alpenländischen Realität aufzuhalten – exotisch zwar, aber leider ohne Palmen und Bikinimaiden, dafür mit Sicherheitsdienst und selten lächelnden, meist fadisiert oder, bei Annäherung von Arbeit, ängstlich dreinblickenden Ministerialbediensteten.

Wie sieht so die Realität des ministeriellen Arbeitsalltages aus? Also, Terminmappe aufschlagen, den Oberrevidenten A anrufen, um die Kalkulation für die Reise eines Kulturgüterschützers einzuholen, den ich zur UNESCO nach Paris schicke (und den Akt wahrscheinlich ohnehin, weil falsch ausgefüllt, siehe das mächtige Bürokratiegespenst, zurückbekomme), mit Amtsdirektor B Absprache halten, um beim Bundeskanzleramt drei Räume für eine Übung auszuleihen, mit Ministerialrat C verhandeln, damit eine seiner Damen bei einer Tagung einen gescheiten Vortrag hält, worauf sich diese post- oder in diesem Fall telefonwendend bei mir beschwert, dass „ausgerechnet sie“ nach dem Mittagsempfang mit ihrem Part drankommt, wo bekanntlich alle Konferenzteilnehmer dem nachmittagesslichen Verdauungsschlaf fröhnen.

Ausfüllen von durch vorformulierte Zwangsjacken einer kreativen Behandlung weitgehend unzugängliche Akten und Zusammenarbeit mit Leuten, die nur in den Scheuklappen eng begrenzter Arbeitsbereiche denken und peinlich darauf achten, dass sie nicht versehentlich etwas erledigen, „wo doch der Herr S zuständig ist“, erhöhen die Begeisterung! Das betrifft weniger die leitenden Angestellten der seltsamen Anstalten, die sich Ministerien nennen, jedoch die dritte und vierte Ebene. Glaube nicht, dass dir die Schreibmamsell einen Zettel wohin trägt, das macht der wichtige Herr höherer Dienstklasse schon selbst!

Vor kurzem habe ich mich mit einem Moldawier, der sich zwei Monate zu spät zu unserem „Workshop“ angemeldet hat, dafür aus Kompensationsgründen drei Tage zu früh anreisen wollte und der zwischengeschalteten Vermittlungslady des transdanubischen Ministeriums unterhalten. Der Gesprächsverlauf war dank der Sprachkenntnisse grenzwertig – Videotelefonie mit Gebärdensprache hätte uns bedeutend weiter gebracht!

Es grüßt Dich und alle anderen Daheimgebliebenen, am Weg zwischen dreizehntem und sechzehntem Stock dieser noch nicht geschlossenen Anstalt

Euer derzeit sozial gereizter Ex-Chef.

Gunther Spath
wegen Nebels den Anblick
der Müllverbrennungsanlage entbehrend,
erschöpft nach Verfassen eines Normaktes

Wien, im Monat des Krähengeschreis

Briefe aus dem Exil

AUSGABE 5

Geehrter, voraussichtlich reformbedingt alsbald weitgehend von untergebenem Personal Befreiter und daher zukünftig Arbeitsloser!

Als hauptsächlich mit zivilen Randerscheinungen beschäftigter Referent inmitten der hierortigen Planstellenansammlung beobachte ich mit Interesse, wie sich die Dinge im Spannungsfeld zwischen öffentlichkeitswirksamer Verkündung von „Reformen" (= aktueller Begriff für „Einsparen und Zusperren") und der widerspenstigen Realität politischer Querschüsse und panikartiger Versuche der unmittelbar Betroffenen, ihre Schäfchen ins Trockene zu bringen, entwickeln. Auch hier können wir wieder wertvolle Erkenntnisse über die Logik und Sachbezogenheit verschiedener Vorgänge gewinnen und die Blümelsche[9] Lehre vom Unterschied zwischen Wahrheit und Wirklichkeit in immer neuen Anwen-

[9] Blümel: Sich laufend in philosophierenden kritischen Anmerkungen ergehender langjähriger naher Mitarbeiter des Autors.

dungsfacetten studieren[10]. Denn merke: „Nicht für die Schule (oder gar ein Ministerium an sich) lernen wir, sondern für das Leben".

Wir können unsere Betrachtungen in folgenden Erläuterungen zusammenfassen:

1. Minister dieser bemerkenswerten Republik, deren Eingeborene mit der Muttermilch einen permanenten Hang zum Skurrilen eingeflößt erhalten haben, sollten es vermeiden, in Situationen zu geraten, wo die Fragestellung „Wer ist stärker, ich oder ich?" unausweichlich wird[11].
2. Ehe man frisch, fromm und frei die Auflösung von Dienststellen und den Verkauf von auf Grund zukünftiger Organisationsstärken nicht mehr benötigter Liegenschaften verkündet, sollte man unbedingt prüfen, wie viel Raum die nunmehr über dem Stand landenden Horden von Bediensteten, einschließlich Herren höherer Dienstklassen im sich rasch entwickelnden „Elefantenfriedhof", brauchen werden. Auch wenn Vorgaben wie zum Beispiel ein Telefon für drei Ministerialräte und ebenso für alle gemeinsam ein Schreibtisch und – das Ärgste! – auch nur ein Autoeinstellplatz, keineswegs nur in der Theorie als Problemlösung erwogen, sondern bereits Tatsache werden, kann das ja nicht wirklich den Raumbedarf stillen.

---

[10] Für jene, die die Geschichte der österreichischen Streitkräfte nicht so gut kennen: Die Abläufe bei jeder der unzähligen Reformen ähneln sich seit Menschengedenken: Die Organisation wird politisch huldvoll abgenickt, geht es um die budgetäre Vorsorge, geht das Nicken sofort in Kopfschütteln über. Ergebnis: Noch nie wurde der Sollzustand einer Heeresgliederung auch nur annähernd erreicht – und wird es wohl in alle Zukunft nicht!

[11] Der aktuelle Verteidigungsminister war zugleich Obmann des Österreichischen Arbeiter- und Angestelltenbundes und wurde angesichts einiger unfreundlicher Vorhaben der auch ihn beinhaltenden Bundesregierung von den Parteifreunden der Gewerkschaft öffentlicher Dienst ziemlich unter Druck gesetzt und somit vor die Frage gestellt, sich als Arbeitnehmervertreter gegen sich selbst als Arbeitgeber zu vertreten, was gewisse Schwierigkeiten mit sich brachte.

3. Angesichts der eigenartigen Auffassung, die Teile des austriakischen politischen Establishments hinsichtlich Sicherheitspolitik pflegen, haben wir den Vorschlag geboren, die „nicht ernst zu nehmende Neutralität“ als neuen völkerrechtlichen Status bei den Vereinten Nationen zu beantragen. Das dazu passende strategische Verfahren – mit dem phantastischen Budgetumfang für die Landesverteidigung automatisch vorgegeben – lautet „vorauseilende Kapitulation“.

Genug von Grundsätzen, zurück zum Alltag. In einem früheren Brief habe ich die spezielle Modernität meines Telefons gepriesen. Nun, inzwischen haben sich die Ereignisse geradezu überschlagen:

Der gesamte Fernmelde-Ortsknoten Wien wurde umgestellt, mit dem vorläufigen Erfolg, dass man sofort nach dem Melden eines Teilnehmers die Routinefloskel „Tschuldign, Se woarn net gmant“ zu hören kriegt – oder auch selbst gebraucht.

Streng nach Rang und Stellung wurden Telefonapparate neuesten technischen Standards, in unterschiedlichen Konfigurationen, zugewiesen. Auf Soldaten-, Offiziers- oder gar Generalstauglichkeit (eine der höchsten Stufen der Vollendung an Einfachheit, Robustheit und automatischer Fehlerkorrektur!) wurde dabei keine wie immer geartete Rücksicht genommen. Wie wäre es sonst möglich, dass ich plötzlich ein ausgesprochen suspektes Designergerät mit nicht weniger als sechsundvierzig (!) Knöpfen/Tasten einschließlich, obwohl in tadellosem Deutsch gehalten, absolut unverständlicher, vielseitiger Gebrauchsanleitung vor mir stehen habe? Es kann nur noch eine Frage der Zeit sein, bis in jeder ministeriellen Abteilung zumindest ein Arbeitsplatz für einen Diplomingenieur geschaffen wird, Bezeichnung „Telefonbedienungsberater & Chaosminimierer“, andernfalls vermutlich die Kommunikation, auf Grund der Überschreitung der Zumutbarkeitsschwelle an moderner Technik, endgültig zum Erliegen kommt.

Nun die sicher mit Freude erwarteten Anmerkungen zum zivilen Alltag: Schon mehrfach habe ich die verschiedenen Gruppen von Verkehrsteilnehmern und ihr entgegenkommendes, von menschlichem Verständnis und Rücksichtnahme dominiertes Verhalten in dieser Stadt gewürdigt, deren Nachrichtensendungen von circa sechs Uhr früh bis Mitternacht von der Spitzenmeldung „Auf der Südostangente fünf Kilometer zurückreichender Stau vom Verteilerkreis Favoriten in alle Himmelsrichtungen wegen Unfall/Baustelle/Überlastung/latentem Kretinismus der Straßenbenützer usw. …“ beherrscht werden. Heute darf ich mich den „Öffis“ (welch hübsche verbale Kreation für Bim, Lochwurm & Co.!) etwas näher widmen.

Es gibt da ein vermutlich nicht unbeabsichtigt sehr realitätsnahes Kabarettstück von Michael Niavarani, Stichwort „Zurücktreten hinter die gelbe Llinniee!!“, in der das so genannte „Pensionistenjoggen“ eine gewisse Rolle spielt. Dieses löst der sich langweilende Betriebsüberwacher der kundenfreundlichen Wiener Verkehrsbetriebe aus, indem er Anzeigentafel in der U-Station unmittelbar bei Einfahrt des Zuges rasch auf „Kurzzug“ umschaltet.

Vor kurzem hatte ich das Vergnügen, in den Machtkreis eines „Maulwurfbändigers“ (= U-Bahn-Zugführer) zu geraten, der diesen Vorgang insoweit steigerte, dass vor allem seine Bremsmanöver zu einer beträchtlichen, wenngleich höchst einseitigen Verdichtung des Transportgutes Mensch an der Stirnseite der Waggons führten. Dies war für die dortselbst einen Sitzplatz ergattert Habenden mit einigen unerfreulichen Überraschungen verbunden, von jäher Verdunkelung des Gesichtsfeldes über plötzliche, dem allgemeinen Wohlbefinden abträgliche Gliedmaßen und innere Organe erheblich komprimierende Belastungen in Gestalt wildfremder Personen, die sich mit beachtlicher, den Wahrheitsgehalt des Trägheitsgesetzes anschaulich beweisenden Geschwindigkeit, unter publikumswirksamer Demonstration des Begriffes „unkoordinierter Bewegungsablauf", auf ihnen niederließen.

Der durchschnittliche Wiener, im folgenden Beispiel vor allem jugendlichen Alters, setzt seine „Sturm- und Drangperiode" in erster Linie dadurch um, dass er den physikalischen Grundsatz „Wo ein Körper ist, kann nicht zugleich ein anderer sein", ebenso hartnäckig wie vergeblich zu widerlegen versucht. Wie sonst wäre es nicht nur denk-, sondern real machbar, dass man sich, mit zwei nicht zu kleinen Gepäcksstücken in Händen und einem weiteren in Form einer relativ prallgefüllten Reisetasche am Umhängeriemen, beim Versuch, den U-/S-/Tram-Waggon zu verlassen, einer nahezu undurchdringlichen, einsteigwütigen Menge gegenübersieht, die den Versuch, justament an dieser Station das jeweilige „Öffi" verlassen zu wollen, als aggressive Einschränkung ihrer persönlichen Bewegungsfreiheit betrachtet?

Nach anfänglichen schüchternen Versuchen, als Neuling in den Abgründen des Wiener Stadtverkehrs, das Problem als solches mit Hilfe normaler Höflichkeit und menschlichen Benehmens in den Griff zu bekommen und dem mehrmaligen, nachdrücklich spürbaren Scheitern dergleichen abstruser Versuche, bin ich zur offenbar einzigen hierzulande akzeptierten Lösungsmethode, nämlich der des „Durchmarsches", übergegangen. Sie besteht im Wesentlichen darin, dass man (= der das Öffi verlassen Wollende) ohne Ansehen von Geschlecht, Alter und Befindlichkeit der anwesenden Personen vorwärts marschiert, was ab einer bestimmten Mittragekapazität (siehe oben) unweigerlich zu dem führt, was man im Eishockey „Check" nennt. Während daher zwangsläufig hinter einem ein Teil der Einstiegwilligen am Bahnsteig durcheinanderpurzelt, verlässt man hocherhobenen Hauptes den Abgang mit der Bemerkung „Wollt's wos, ös gschertes Gsindel, weichts gfölligst aus!“ mit entsprechender verbaler Eleganz versehend den Tatort.

Unerwartete „Ehre“ wurde mir gestern am Weg zum Bundesministerium für Innere Angelegenheiten (wienerisch auch „Kiebererschupfn“ geheißen), im Schacht der U 3 zuteil. Der ernsthafte Eintritt der kalten Jahreszeit versammelt ja in den gleichen, relativ wohltemperierten Gefilden, die Blüte der Wiener Sandlerszene in dichten Gruppen. Offenbar haben ein paar Vertreter dieser Gattung mehr als fünf Jahrzehnte im Delirium tremens verbracht, denn anders wäre die einigermaßen lautstark zum Besten gegebene Bemerkung Richtung meiner uniformtragenden Wenigkeit wohl kaum zu verstehen: „Is der do von da SS?“ Ich darf auch und gerade in diesem Zusammenhang wieder einmal betonend darauf hinweisen, dass dergleichen Zitate aus dem Wiener „Milieu“ in meinen Briefen keine Erfindung, sondern direkt und wortgetreu aus dem saftigen Leben gegriffen sind!

Es gäbe noch so manches Gustostückerl, zum Beispiel von der Heurigenkellnerin bei meiner Einstandsfeier, die offenbar bei der Rechnung auch unsere nur als Aura vorhandenen Astralleiber zu zahlenden Gästen mutieren lassen wollte (sie ließ auf ihrem ersten Versuch einer Rechnungsaufstellung 70 Prozent mehr Gäste essen als anwesend waren und entschuldigte sich mit den Worten, „sie hätte geglaubt bzw. da wären doch mehr gewesen“) oder von dem Taxler, dessen deutscher Wortschatz aus „Regnen viel, hoffen schneien nicht bald“ bestand und der darüber hinaus eine beachtliche Unkenntnis des Wiener Stadtplanes und diverser Einbahnregelungen vorweisen konnte, oder jenem eher ramponierten Zeitgenossen einschlägiger Berufszugehörigkeit – ich erinnere an die Milieuschilderung Bahnhof Wien Mitte aus früherem Brief – dem diesmal während mühsamer Formulierung der Worte „Ha-ha hast a-aan Schü-hicks?!“ die Kontrolle der unteren Extremitäten entglitt, was zu einer nicht ganz uneleganten, schraubenförmig drehenden Bewegung der Gesamtgestalt mit anschließender harter Landung führte, der, einigermaßen verblüffend, vom Boden her die Meldung folgte: „Waun i, waun i, ja wawaun i nur an klan – klananen Schnahaps hättet, war de des net passieiert, hupps!“

Aber noch einmal zurück zur oben erwähnten Einstandsfeier mit der hinsichtlich interessanter Rechenkunststücke verhaltensauffälligen Kellnerin. Man machte mir eine besondere Freude – oder wollte dies, besser gesagt – indem der Hausherr und sein ebenfalls in unserem Ministerium seine Brötchen verdienender Sohn drei Stunden lang eigene und fremde Wienerlieder zum Besten gaben. So unglaublich es klingen mag: Man kann drei Stunden lang ausschließlich über das Saufen beim Heurigen, das Granteln, die Fiaker und „a schene Leich“ und den Weg, wie sich eine Person in eine solche verwandelt, singen, ohne dass eines der Stücke wiederholt werden müsste. Einer der mit lauschenden, bereits von einer beträchtlichen Anzahl Vierterln gezeichneter einheimischen Stammtrinker des durchaus zur gehobenen Klasse zählenden Heurigen-Etablissements sagte glänzenden, leicht vertrantschten Auges zu mir: „Segns, liaba Herr, des is hold da goldene Weana Humoar, a so wos gibt’s bei eich in da Provinz net, göö?“ Da hat er recht gehabt, der Gute, der sich anschließend in die Lokalbreite ausmessenden mäandrierenden Schleifen in Richtung seines Autos begab, das ihm jedoch erfolgreich das Treffen des Schlüsselloches verweigerte. Nach einer guten Viertelstunde, in der bemerkenswerterweise niemand versuchte, ihn vom Versuch, persönlich sein Vehikel heimwärts zu lenken, abzuhalten, gab er auf und die Innung der Wiener Taxler bekam einen kleinen Abendverdienst.

Somit frohe Adventszeit und allen, die ich nicht mehr treffen sollte, schöne Feiertage und einen guten Rutsch ins Neue Jahr!

Euer Massenverkehrsprofi ehrenhalber.

Gunther Spath
angesichts des Wiener Nebels
heimatliche provinzielle Gefühle entwickelnd

Wien, im neuen Jahr

Briefe aus dem Exil

AUSGABE 6

Lieber Doktor!

Das Jahr hat für mich nicht sehr heiter begonnen und es steht zu befürchten, dass es sich auch nicht besonders lustig fortsetzt. Dessen ungeachtet versuche ich, soweit möglich, zumindest die Umstände meines Aufenthaltes im Bundesdorf mit einigermaßen Humor zu nehmen. Sie ändern sich nämlich nicht, wenn man ihnen mit Griesgram begegnet, im Gegenteil – sie grämen dann zurück!

Die unspektakuläre Anrede am Beginn dieses Briefes alleine schon möge Dir und den weiteren Brieflesern signalisieren, welch schrecklicher Zustand inzwischen eingetreten ist: Einer der – fast – Normalität!

Getreu dem Grundsatz, dass sich der Mensch eigentlich an alles gewöhnt, stelle ich an mir folgende, leicht besorgniserregende Veränderungen fest:

Ich erzeuge Konzepte für Akte, Dienstzettel, Informationen etc., ohne dass sich mein Blutdruck besorgniserregenden Höhen nähert oder chronische Hautausschläge vermehrt um sich greifen. Meine Konzepte entsprechen – nicht von der Handschrift her, da gibt es schon in früheren Dienststellen gewiss einige leidgeprüfte Zeugen, vor allem Zeuginnen der Schreibkraft- und Sekretärinnenzunft – formal zunehmend dem, was sich der Schöpfer der ministeriellen Kanzleiordnung in seinem unerforschlichen Ratschluss gedacht haben könnte. Zwar zucke ich noch immer leicht zurück, wenn sich im so genannten Amtsvortrag die Möglichkeitsformen wie Perlen in einer Endloskette aneinanderreihen. Warum, um alles in der Welt, „hat" nicht jemand etwas zu tun, sondern „hätte", „sollte", „wäre", „dürfte", „würde" er? Aber getreu einer alten Weisheit sollte man ja nicht versuchen, Dinge zu ändern, die man offensichtlich nicht ändern kann.

Heute habe ich dreizehneinhalb Stunden mit geringfügigen Unterbrechungen zwecks Nahrungsaufnahme oder gegenteiliger Aktivität an meinem Schreibtisch bzw. Blechtrottel verbracht, ohne auch nur ein einziges Mal in unmittelbare Versuchung zu geraten, das Mobiliar mittels Fußtritten und Fausthieben für den Zustand der Welt als solches verantwortlich zu machen.

Unter Hintanstellung allzu auffälliger Regungen habe ich dasselbe Schriftstück fünfmal verbessert, ohne jemals den Glauben zu verlieren, dass es schlussendlich doch in der Unterschriftenmappe des Abteilungsleiters landen würde.

Nicht einmal die Kaltschnäuzigkeit, mit der die Schreibkraft – pardon, die Frau Hilfsreferentin – einen in der zu Papier gebrachten Formulierung völlig sinnlosen Satz angeblich wörtlich aus meinem handschriftlichen Text abgepaust hatte, konnte mich ernsthaft aus dem Gleis werfen. Warum auch, schrieb doch an anderer Stelle dieses entzückenden Beispiels für völlig verfehlte moderne Architektur, genannt Bundesamtsgebäude, eine Tastatur-Maid die herzergreifende Bezeichnung „Partnerschaft für die *Freude*"[12] hin, ohne den anschließenden hysterischen Anfall ihres Vorgesetzten logisch mit dieser Formulierung in Verbindung zu bringen.

Vor kurzem widerfuhr mir die große Ehre, dass ein in meinem Referat beorderter Milizoffizier im Offizierskasino der „Resl“ (Maria-Theresien-Kaserne) zu einem Empfang anlässlich seiner Beförderung zum Brigadier lud, immerhin erst der achte Zweitberufssoldat in der Geschichte des Bundesheeres seit 1955, dem solches widerfuhr. Halb Wien war anwesend und in Vertretung des verhinderten Generaltruppeninspektors durfte „Bonsai“ (= politisch unkorrekte Bezeichnung für den untergroßen Militärkommandanten des Bundesdorfes) Begrüßung und Laudatio halten.

Angesichts oder besser „anlauschend“ dieser verbalen Äußerung gewannen die, eher unter der Minderzahl der Geladenen zu suchenden „Wissenden“, um verschiedene Vorgänge, zu denen ich in aller Bescheidenheit auch mich zählen darf, einige elementare Erkenntnisse, wobei vorauszuschicken ist, dass es sich hier bloß um einen vergleichsweise kleinen Teilaspekt des mit etwas Mühewaltung zu einem unüberschaubaren Komplex entwickelbaren Themas „Kulturgüterschutz“ handelte:

1. Die zweifelsfrei gegebene Begabung zu launiger freier Rede, angesichts eines nur zum Teil mit militärischen Kenntnissen angereicherten Publikums, sollte eigentlich nicht als Freibrief für die Verbiegung der Wahrheit bis zur Unkenntlichkeit genutzt werden. Auch könnten dann leichte bis mittlere Gesichtsrötungen und Augenrollungen der erwähnten Kundigen vermieden werden.

---

[12] Die „Partnerschaft für den Frieden (Partnership for Peace, PfP)“ ist eine NATO-Erfindung zur Heranführung ehemaliger Ostblockstaaten an westliche Standards in (fast) allen sicherheits- und verteidigungspolitischen Bereichen. Österreich hat sich ihr angeschlossen und versucht in einigen Bereichen den Musterschüler zu spielen. Dabei haben uns vor allem die ehemaligen Warschauer-Pakt-Nachbarstaaten so lange eifrig unterstützt, bis sie mit dem Vollbeitritt zur NATO ihre Ziele erreicht hatten und wir damit unwichtig wurden.

2. Noch selten in den fast drei Jahrzehnten militärischer Berufserfahrung mit allen heiteren und ernsten Seiten, Skurrilitäten, Katastrophen, Sinnhaftig- und Sinnlosigkeiten wurden mir zwei eherne Grundsätze des geordneten Abschlusses eines Großvorhabens so drastisch vor Augen geführt, als da sind

- Bestrafung der Unschuldigen (in diesem Fall durch bloße Nichterwähnung der tatsächlich verantwortlichen „Arbeiter") und
- Auszeichnung der Nichtbeteiligten (deren Verdienste sich zum Teil darin erschöpften, zum Beispiel nicht wirklich aktiv behindernd gewirkt zu haben).

Nun, wie gewohnt, zum privaten Teil meiner fortgesetzten Erzählungen:

Winter ist jene Jahreszeit, die wohl nicht nur Wiener und -innen, sondern vermutlich die meisten, zu Wohnung und Arbeit in Großstädten Verdammten, mit ehrlicher, tiefer Überzeugung hassen, selbst wenn sie sich an den Wochenenden mit zehn Paar Schiern am Dach und gewandet wie für eine Nordpolexpedition, in endlosen Autoschlangen schwitzend der nächsten Verkühlung, abzuholen zwischen Semmering und Arlberg, entgegenstauen. Aber vermutlich nur wenige andere „aufgeklärte, urbane, liberale Menschen" (so charakterisierte vor einiger Zeit ein bekanntes Wochenmagazin die Wiener zum Unterschied vom Bewohner des übrigen Landes Österreich, der bekanntlich ein dumpfer, engstirniger Reaktionär ist), vermögen ihre Gefühle zwischen Dezember und März auf so herzergreifende, ehrliche, urwüchsige Art und so ausdrucksvoll in Worte umzusetzen:

„Heast, des is olls a Oasch: Da Wind ist Oasch, de Költn is Oasch und de Glotzn auf da Straßn (offenbar meinte der gute Mann gefrorenes Wasser?), de is ibahaupt Oasch!"

„Glabst, i bin teppat, dass i da aussekrall bei de Minus? Wos sogst – do stinkts? Soll stinkn, bei de Fiaker stinkts olleweil, von de Wirschtln, und de stengan den ganzen Tog damit ume!“

„Wos host gsagt, es schneibt schen? Bist jetzt total bled wurn, was is schen an de weißn Fetzn? Wost gehst und stehst liegt da Dreck uma, Autofohrn kannst net gscheit und de Bim rutscht a! Welcher Trottl braucht des do? I net, i war bessa auf de Bahamas, oba des is ja nur wos fir de Gstopftn!“

Es ist absolut faszinierend, die Reaktion der ortsansässigen bzw. aus beruflichen Gründen zeitweilig in diesen Häuserzeilen anwesenden Verkehrsteilnehmer zu beobachten, sobald sich zwei Zentimeter Schnee – welche Höhe nur in zusammengeschobenem Zustand erreicht wird – zu wahren Straßenbarrieren auftürmen. Das Schicksal eint hierbei „Weana“, „Neandatola“ (bekanntes Synonym für Niederösterreicher), „Flachwasserpiraten“ (weniger bekannter Ausdruck für Eingeborene des nördlichen Burgenlandes) und „gscheart Wappler“ (zufällig Anwesende aus den unbedeutenden Bezirken Restösterreichs).

Getreu jahrzehntelanger Überlieferung hat man als Autofahrer in Wien sommerbereift, ohne Frostschutz im Kühler und mit zugeeisten Scheiben in den nächsten Blechschaden zu rutschen, denn schließlich wollen die Karosseriespengler auch von etwas leben! Der felsenfesten Überzeugung einer überwältigenden Mehrzahl von Lenkraddrehern nach ist es zwar früher einmal im Dezember oder Jänner Winter geworden, doch heuer wird diese Jahreszeit, respektive ihre spezifischen Auswirkungen, gewiss nicht eintreten. Tut sie es entgegen aller menschlichen Vorstellungskraft dennoch, so hat gefälligst irgendjemand anderer die Folgen zu tragen.

Und diese Erwartungshaltung wird von einem Jahr aufs nächste überliefert. Gnade Gott dem „Zuagrasten“, der, ohnehin verschüchtert und leise, wagt, darauf hinzuweisen, dass vielleicht nun die Temperaturen ... und außerdem mit Niederschlag in Form von Schnee zu rechnen ... und eventuell die Temperaturen geringfügig unter Null? ... Derartige Miesmacher sind schuld! An der Arbeitslosigkeit, am schlechten Wetter, am Verkehrschaos, an sinkenden Börsenkursen und überhaupt ...!

Zum Schluss nochmals etwas Dienstliches: Beiliegender Entwurf befindet sich im Begutachtungsverfahren und wird bei der nächsten Reform verpflichtend eingeführt!

Mit kanzleirätlichen Grüßen.

Beilage zu Brief Nr. 6

Entwurf eines Bearbeitungszettels

Beiliegende(r) Akt/Dienstzettel/Information an: ....

Mit folgenden Kanzlei-Hinweisen

- ☐ In Ergänzung zum Unsinn vom.......!
- ☐ Den Blödsinn kann der Absender behalten!
- ☐ Zur Bedeckung der Blöße ihres leeren Schreibtisches!
- ☐ Den Mist soll Referat ... bearbeiten!
- ☐ Rückfragen sinnlos, kenn' mich selbst nicht aus!
- ☐ Sehen Sie zu, wie Sie das wieder loswerden!
- ☐ Unterschreiben Sie – sonst finden wir einen anderen Trottel!
- ☐ Ist zwar Unsinn, war aber immer so und bleibt so!
- ☐ Falls Sie das nicht begreifen – wir schon gar nicht!
- ☐ Schmeißen Sie's endlich in den Papierkorb, sonst kommt's ein drittes Mal!
- ☐ Vor Vernichtung zwei Kopien anfertigen!
- ☐ Ob Sie's glauben oder nicht – bearbeiten!
- ☐ Wer hat was von Nachdenken gesagt – behandeln gemäß Kanzleiordnung!

Gunther Spath,
soeben dem Hinauswurf
aus dem amtlichen Wohngebäude haarscharf entgangen

Wien, im Winter

Briefe aus dem Exil

AUSGABE 7

Verehrtester!

Zuvörderst Dank dem Spender des besonderen Geschenkspaketes, das mich am heimatlichen Garnisonsball erwartete, jedoch stundenlang nicht einem der Anwesenden zugeordnet wurde und daher ungeöffnet den Tisch auf und ab wanderte[13]. Wie gut, dass es Pensionisten gibt: Kerschbaumer, der alte Haudegen[14], öffnete die mögliche „Briefbombe" und sorgte dafür, dass ich den höchst bedeutsamen Inhalt ins Exil mitnehmen konnte!

Der Fortschritt der Umorganisation „Neu-Schrumpf"[15] ist also nun dank politischen Konsenses nach monatelangem partei-

[13] Hirter Bier, Kärntner Lieder auf CD und weitere Kleinigkeiten, die ein fürsorglicher Geist bereitgestellt hatte, um nach der zwangsläufig am folgenden Montag erfolgenden Rückkehr in die Wiener Ministerialgefilde mein Heinweh etwas zu lindern.

[14] Ein Oberst des Ruhestandes, der mit 85 Jahren noch immer über die Schipisten flitzt und Nordwände durchsteigt, somit Furcht und Schrecken der mit Geriatrie ihre Brötchen verdienenden Werktätigen.

[15] Die beiden großen Umgliederungen des Bundesheeres der 90er-Jahre hießen „Heeresgliederung Neu" und „Heeresgliederung Neu STRAN (strukturangepasst)". In Wahrheit handelte es sich um eine enorme Verringerung, vor allem der Miliztruppe, daher wurde in Insiderkreisen STRAN zu „schrumpf".

politischem Affentheater nicht mehr aufzuhalten. Der Verdacht, dass hier eine Konkursmasse vor sich hin dümpelt und sich mit jedem Tag die Kluft zwischen Anspruch und Wirklichkeit weiter verbreitert, ist allerdings latent vorhanden. Nirgends am eher beschränkten staatspolitischen Horizont dieser Republik (parteipolitisch haben wir dafür einen äußerst farbenprächtigen!) zeichnet sich der Wille ab, den zum dritten Mal in einem Jahrzehnt zahlenmäßig verringerten Klub für äußere Sicherheit, offiziell Bundesheer genannt, mit jenen materiellen (und daher zunächst, glaubt es oder nicht, finanziellen!) Mitteln auszustaffieren, die vielleicht irgendwann eine Auftragserfüllung im Sinne des Wortes ermöglichen könnten.

Dass sich Landes- und Gemeindepolitiker derselben Couleur, die auf Bundesebene Reduzierungen beschließt, mächtig für „ihre" Soldaten in die Brust werfen, passt dazu. Nicht nur in mir keimt aber der möglicherweise begründete Verdacht, es gehe bei diesem selbstlosen, heroischen Einsatz lokaler Granden eher um die Ebene des Wurstsemmelverkaufs, Tankstellen- und Wäschereibenutzung, abendlichen Bierkonsum in diversen Gastwirtschaften und ähnliche umsatzorientierte Tätigkeiten als um soldatische Übungen, Ausbildung und Schießen, oder etwa nicht?

Aber solange die Truppen des sicherheitspolizeilichen „Assistenzeinsatzes zur Grenzraumüberwachung"[16] für die Gendarmerie an der Ostgrenze im Burgenland zur Not mit Halbtoten aufgefüllt werden können (Motto: Die Zahl muss stimmen, wie weiland bei den Gefangenenkolonnen der Russen), die Militärmusik spielt und Landes- und Gemeindepolitiker bei Angelobungen, Traditionstagen etc. glühende Lippenbekenntnisse zur militärischen Landesverteidigung ablegen und „ihre" Garnison selbstverständlich „mit allen Mit-

[16] Nichts hält länger als Provisorien, denn am Beginn der Bewachung der Grenze zu Ungarn und der Slowakei 1990 hieß es „dauert vielleicht zehn Wochen…"

teln erhalten werden“, so lange wird eben weitergewurstelt. Mit diesen Mitteln meinen sie wirklich alles – außer Geld, selbstredend, das sie weder selbst haben noch vehement von den Verantwortlichen einzufordern gedenken, behüte Gott gar vor den Parteikollegen in Regierung oder Parlament. Zumindest drang kein energisches Flehen dieser Art an meine Ohren und las ich auch nichts dergleichen in einer der zahlreichen in diesem Land erscheinenden Zeitungen.

In meinem Englisch-Konversationskurs (in den wurde ich wegen einer hohen Leistungsstufe beim Einstiegstest gesetzt, ich wusste gar nicht, wie gut ich bin!) unterhält uns eine fröhliche, eher rundliche Australierin, die sich über die Einstellung, die in diesem Lande der Auftraggeber (also die hohe Politik in Vertretung der sie ebenso verantwortungs- wie ahnungsvoll demokratisch wählenden Bürgerinnen und Bürger) den eigenen Soldaten gegenüber einnimmt, nicht genug wundern kann und uns in ständigen Diskussionsrunden versichert, dass solches in der angloamerikanischen Welt schier undenkbar wäre. Denn es sei doch völlig klar, dass vor allem eine funktionierende Armee Zeichen und Beweis des staatlichen Selbsterhaltungswillens wäre? Aber bei uns in Bagdad ..., – wobei die im echten Bagdad eine Menge auf bewaffnete Macht geben, wie man so hört![17]

Apropos Irakis und Ausländer im Allgemeinen, die jüngsten Nachrichten unserer Assistenzpolizisten von der pannonischen Grenze mit mehr und mehr steigenden Zahlen an Aufgriffen illegaler Grenzgänger aus aller Herren und Frauen Länder bringen mich drauf:

Gar so notleidend dürften die von Grün & SOS & Co. bemitleideten und umworbenen Ausländer hierzulande doch nicht sein, immerhin hat offenbar jeder zweite, ob Männlein oder

[17] Seit der ersten Fassung dieses Briefes hat sich in dieser Gegend einiges wenig Erfreuliche getan, nicht wahr?

Weiblein, ein Handy, in das er bei jeder passenden und unpassenden Gelegenheit hinein quatscht. Damit hat er sich dem Durchschnitt der nicht minder quasselnden Inländer elegant angepasst und ich fahre demnächst aus der Haut! War ich schon in Klagenfurt nicht eben ein Freund dieser piependen/schnarrenden/ trällernden Quälgeister, jetzt hasse ich sie ehrlichen Herzens:

Ob in Bim oder Lochwurm, vor dem Marktstand oder im Buchladen, bei der Besprechung, im Theater oder beim Heurigen, ja selbst während eines Gottesdienstes, immer quiekt irgendeines dieser Dinger unmotiviert auf und der jeweilige Besitzer beginnt aufgeregt, seinen Sprechdurchfall zu veröffentlichen. Manche, zum Beispiel neulich nächtens im Eurocity, haben ja noch soviel Anstand, sich zur Führung ihres ungeheuer wichtigen Gespräches aus dem Abteil zu verfügen. Aber im Regelfall wird die enorme Wichtigkeit der „allzeit Erreichbaren“ durch ein – in welcher Sprache auch immer, siehe oben – betont laut geführtes und von einigermaßen überflüssigen Gesten begleitetes semitheatralisches „Solo für einen Wichtigtuer“ unterstrichen. Dabei gehe ich ruhigen Gewissens davon aus, dass die in türkisch, serbisch, papuanisch, hindustanisch etc. geführten drahtlosen Dialoge in ihrer Notwendigkeit und hohen Intellektualität nicht viel hinter den in Deutsch – oder dem, was man hierzulande für diese Sprache hält – gehaltenen zurückstehen werden. Beispiele gefällig? Zuerst die männliche, dann die weibliche Version, erstere auf der Rolltreppe zur U-Bahn:

„Hearst, Charly, des is klaas, das'd anruafst! Vastehst mi eh guat, Charly ... Charly?! ... Charly??!! Ah, bist eh no do! Wast, de mochn a so an Lärm da uma, ka Vaständnis, wonn ma wos Wichtigs redn will ... Ah gö, na, glabst? ... Und de Mitzi, na de wird gschaut ham ... Wos sogst, hahahihi, na, net möglich ... heast, wo bist'n jetzt ... Ah, guat, sa ma eh in zehn Minuten bein Naschti, tschau, Charly!“

Nun das „Hasi" im Kaffeehaus „Servas, Liesi, wo bist'n ... hihihi, jo waßt eh, da Poldi hot gmant ..., geh, is jo net wahr! Hot er des darzehlt oda sei Oide, der teppate Zaga, waun i de scho siach ..., wia wor des neili mitn Ferdi? Den sei Gsangl is a neama zum Anhörn, war gscheita wonn a de Papn holtat, der Ankierer ...". Wie gesagt, ungeheuer wichtig, all diese Gespräche.

Dass aber Anlass zu echter Besorgnis besteht, hat mir erst der heutige Abend bewiesen: Zuerst ein mesopotamischer Blattverkäufer, der ernsthaft zu mir sagte „Zeitung kaufen kurz warten, muss Telefon!", dabei das düdeltütende Handy aus der gelb-roten WAZ-Jacke[18] zog und sich in Worten wie „chalachalam chabibida dchidachi daddabibi usw." sehr schnell und laut zu äußern begann. Übrigens verkaufte der mir an diesem Abend keine Zeitung und wird's auch an den folgenden, ich schwöre, nicht tun!

Unmittelbar danach: Europa-Diskussionsabend im weitum bekannten Café Demel (übrigens nicht wirklich ganz so gut wie saftig teuer). In rhythmischen Abständen „ringring", „daddadeldü", „tritritratratrotro" (wir sind ja Individualisten) und irgendeiner springt auf und verlässt, das Blechtrumm aus dem Anzug reißend, den Raum. Welche ungeheuer unaufschiebbaren Dinge haben sich nach 9 Uhr abends die Menschen eigentlich erzählt, als es das Mobiltelefon noch nicht gab? Und wie vieler armen, handylosen Kreaturen Lebensglück ging wohl deshalb vor die Hunde? Da ist es doch heute viel besser, wo man mit einem nicht einmal eineinhalb Sätze reden kann, ohne dass er, begleitet von Läutmelodien, die jeder nach seiner hohen Eigenspezifikation zum Beweise unverwechselbarer Originalität eingestellt hat, im Sprung den Raum verlässt,

[18] Der deutsche WAZ-Medienkonzern ist Hälfteeigentümer zweier österreichischer Tageszeitungen.

um dann zum Beispiel im Vorzimmer der Toilette seinen Sprechzwang zu heilen. Ich kauf mir übrigens morgen ein T-Shirt mit der Aufschrift „Wenn Sie mit jemandem reden wollen – ich habe kein Handy!“[19]

Von dieser direkt zu den anderen maschinellen Qualen des elektronischen Jahrhunderts. Es kann einfach kein Zufall sein, das auf fast allen Stockwerken ministerieller Betonschächte eine Maschinenstraße, bestehend aus Stockwerksdrucker für alle Blechtrottel, daneben der Kopierer und unmittelbar anschließend der Aktenvernichter steht: Mindestens dreimal täglich schreit der erste nach Papier, gibt der zweite wegen Überhitzung den Geist auf und ist der dritte jeden Abend so gefüllt, dass die Putzfrau am nächsten Morgen Hilfe anfordern muss, um den geschnetzelten Inhalt zum Container zu ebener Erde zu schleifen. Nur bös- und abartig Veranlagte, Typ „schäbiger Provinzler“, vermuten einen engen Zusammenhang der Phänomene.

Wien ist ja bekanntlich eine Kulturstadt von Weltrang. Nachdem ich die Kritiken zu Jelineks „Sportstück“ gelesen habe, bin ich mehr denn je von dieser Tatsache überzeugt. Die große Moralistin (c/o diverse Kulturkritiker einschlägiger Presseerzeugnisse), laut Eigencharakteristik in einem Porträt im „stern“ vor ein paar Jahren eine „sadomasochistische Lesbierin mit kommunistischer Weltanschauung“, hat wieder zugeschlagen. So stelle ich mir schon seit frühen Kindertagen die Leute vor, von denen unsereins endlich Moral gelehrt bekommt[20].

[19] Wie das schon so ist, inzwischen habe ich zwei, ein dienstliches gezwungenermaßen und ein familiäres notwendigerweise angesichts über Österreich verstreuten Nachwuchses plus Anhang.

[20] Die Dame hat inzwischen sogar den Nobelpreis bekommen. Ich gestatte mir dennoch die persönliche Meinungsfreiheit, die fortlaufende Darstellung ihrer persönlichen Zwangsvorstellungen und sonstigen psychischen Probleme nicht besonders zu schätzen.

Leider konnte die Dame diesmal von den diversen, bei jedem noch so blödsinnigen, langweiligen oder einfach unappetitlichen „Event" speichelleckenden Genossen einschlägiger Gesinnung nicht lange genug gewürdigt werden, denn das nächste kulturelle Großereignis erforderte die ganze schöpferische Kraft der Innung: „Einer der drei größten zeitgenössischen Künstler Österreichs" (Originalzitat!) bekam nicht nur nach der Entlassung aus der Haft wegen ein paar unwesentlichen Kinderschändungen und sonstigen kaum erwähnenswerten Widerlichkeiten sofort die Chance, seine hinter Gittern erzeugten malerischen Perversitäten auszustellen, sondern man verfrachtete ihn gleich auf die Bühne des Burgtheaters, auf dass er seine wirklich nicht einmal halblustige Lehre verkünde. Diesmal ging das selbst der Masse der nahezu alles verdauenden Kritiker zu weit und sie verrissen ihn – nicht ohne eilig hinzuzufügen, dass aber selbstverständlich die Freiheit der Kunst auch für solchen Mü(h)(l)l[21] gelte und man es ja nicht zensieren oder verbieten dürfe ...

Ich halte das in einem Staat, in dem man mit etwas Pech, ohne jemanden geschädigt oder verletzt zu haben, wegen einer unüberlegten Äußerung ziemlich lange in den Häf'n wandern kann und in dem Gerichtsverfahren gegen Schriftsteller laufen, weil sie irrtümlich meinten, Meinungsfreiheit gelte nicht nur für Anhänger einer gerade genehmen Denkrichtung, für überaus bemerkenswert.

Mir geht zum Schluss dieses Briefes der Witz aus – die sich anbahnenden Entwicklungen in diesem Land können aber auch höchstens Leute mit dem Gemüt von Fleischerhunden zu „final jokes" reizen.

Euer sozial schon wieder leicht gereizter Exilant.

---

[21] Otto Mühl erreichte durch seine Kommune traurige Berühmtheit, dergleichen störte aber die wahren Fortschrittlichen mit ihrem verschobenen Unrechtsbewusstsein nicht wirklich.

Brigadier Gunther Spath
von den aktuellen Ereignissen in dieser Stadt tief be
Harrend der nächsten Überraschungen

„Frühling in Wien, Frühling in Wien…"

Briefe aus dem Exil

AUSGABE 8

Teuerster Heil-, Kur- und Soldatenbehandler!

Da liegt man, nichts Böses ahnend, im Bett, schläft den Schlaf des Gerechten und plötzlich macht es einen „Pumperer", dass man meint, der 7. Bezirk als solches sei auf seinen Gasleitungen ausgerutscht und führe nun gen Himmel. Knapp danach rauscht mit mächtigem Geheul Polizei und Co. in Richtung des ungebührlichen Geräusches.

Da sich die Nachrichten zunächst ausschweigen, erreicht einen erst im Morgengrauen die Mitteilung, dass ex-serbische Jugendliche auf Mopeds sich nun mitten in Wien explosionsartig entfernen – ob Kraft eigenen Willens oder fremdbestimmt, ist noch fraglich. Dass im ORF in weiterer Folge circa zweitausendmal erklärt wird, dass es sich „vermutlich um keinen politischen Anschlag" gehandelt hat, muss offenbar mit der Enttäuschung zusammenhängen, schon wieder einmal kein rechtsextremes Netzwerk aufgedeckt zu haben, wo man doch bei Brief- und Rohrbomben schon so froher Hoffnung war ...!

So ganz nebenbei erfährt man in diesem Zusammenhang, dass es im besagten Bezirk vor einiger Zeit eine handfeste „Stammesfehde" zwischen Ex-Jugoslawen und Türken mit einiger

Beschädigung auch original österreichischen Eigentums gegeben hat. Aber die neueste Bundespräsidentenkandidatin[22] wird uns schon beibringen, wie wir mit den bekannt friedlichen, jeglicher Kriminalität, jedes Bandenwesens und überhaupt jedes Verstoßes gegen inländische Gesetze abholden, selbstverständlich bis auf die Ausnahme von ein paar hunderttausend Individuen völlig berechtigt und legal in Österreich Aufhältigen aus aller Herren Länder umzugehen haben. Einschlägige Auskünfte über die Einstellung der in zahlreichen mehr oder weniger bunten Blättern zum Superstar hochgejubelten Frau Superintendentin erteilen gerne im Umgang mit ihr erfahrene öffentliche Stellen im schönen Burgenland, zum Beispiel auch über die Uniform-Aversion der Dame, die sie – bitte, kein Witz, sondern von ihr persönlich festgestellte Realität – logischerweise auch ihrem Haushund übertragen hat. Wäre doch einmal etwas Neues, eine antimilitaristische Bundespräsidentin, die sich zum Beispiel die Ehrenkompanie beim Staatsbesuch verbietet! Die Chancen Österreichs, zur Erheiterung der Umwelt beizutragen, könnten erheblich steigen. Übrigens lassen einige Bewohner aus der Gegend rund um den Neusiedlersee ganz dringend darum bitten, die Dame unbedingt zu wählen, denn dann wären sie sie endlich los! Spricht für sich selbst, oder?

Um nicht zweifach missverstanden zu werden:

1. Ich bin selbst überzeugter evangelischer Christ, aber im Sinne der hoffentlich noch zulässigen Meinungsfreiheit mit einer anderen Auffassung von Christ und von evangelisch sein als die besagte umtriebige Dame. Wenn als allererste, als kaum die Möglichkeit ihrer Kandidatur angedeutet worden ist, die bekannt kirchentreuen und bibelverehrenden

[22] Damals kandidierte die evangelische Superintendentin des Burgenlandes, Getraud Knoll, für das höchste Amt im Staate.

Kommunisten eine Jubelmeldung und Unterstützungserklärung abgeben und sich in rascher Folge die ebenso bekannt frommen Linkssozialisten, Grün/Alternativen und Liberalen anschließen und natürlich einige vorgeblich Bürgerliche sofort die beliebte Rolle des nützlichen Idioten übernehmen und im Chor der fortschrittlichen Schickeria mitkrähen, also sich die „wahren Christen" dieses Landes vereinigen, dann fällt es schon schwer, nicht spöttisch zu werden. Wenn ich Superintendentin wäre und von dieser seltsamen Koalition auf den Schild gehoben würde, erschiene mir meine Einstellung zumindest überprüfenswert!

2. Nein, ich bin kein Ausländerfeind, obwohl es in dieser Stadt wenig gibt, was einen davon abhalten könnte, einer zu werden – höchstens die Mieselsüchtigkeit eines Teiles der Eingeborenen. Wenn ich mir allerdings die praktisch täglich steigende Anzahl von Bettlern in Innenstadt und Mariahilferstraße, die Scharen gestrandeter Gestalten in den größeren U-Bahn-Stationen und die de facto Unmöglichkeit für „Ureinwohner", sich zu bestimmten Zeiten in bestimmten Vierteln zu bewegen, anschaue, könnte man den Verdacht bekommen, dass hier irgendetwas nicht stimmt.

   Apropos Bettler: Wenn man sich manche wirklich erbarmenswürdige Elendsgestalt anschaut, muss man sich ernsthaft fragen, ob der/die das nicht in seinem/ihrem Ursprungsland auch hätte haben können, verbessert scheint sich die Existenz durch die zum Großteil, wie die Sachkundigen im Innenministerium versichern, illegale Einwanderung in Austarichien nicht zu haben?

Damit aber wieder zum Heiteren: Seit heute weiß ich wieder einmal, wo der Balkan oder vielleicht besser der Orient beginnt, zum Beispiel in einem Wiener Institut für Physiotherapie und physikalische Medizin. Selbiges muss ich derzeit dreimal wöchentlich wegen Arthrosebeginn unter der Kniescheibe und Bewegungseinschränkung in der Schulter besuchen.

Abgesehen von der Tatsache, dass es der deutschen Sprache in auch nur bescheidenstem Umfang mächtige Sprechstundenhilfen, Therapeut(en)(innen) und Masseur(e)(innen) nicht mehr zu geben scheint, das Wartezimmer mit der geschmackvollen Einrichtung, Stilrichtung „früher Ostblock im Halbdunkel" (mutige Zeitungsleser fördern daher das Geschäft des benachbarten Augenarztes nach dem Patientenüberlaufprinzip funktioniert (dreißig Plätze vorhanden, zehn Minuten vor Ordinationsöffnung aber schon vierzig Leute drinnen) und zum Beispiel während der Gymnastik das Personal in Privatgesprächen den letzten Abend aufarbeitet bzw. überhaupt, behufs Kaffetrinkens, den krankenkassenabhängigen Zugewiesenen viertelstundenweise seinem Schicksal und der Selbstbehandlung überlässt, habe ich bei meiner dritten Sitzung staunenden Auges festgestellt, dass die vor mir behandelte Dame der weißbekleideten Strom und diverse Chemikalien verteilenden Helferin ein Scheinchen mit einem berühmten Österreicher[23] darauf in die Hand gedrückt hat.

Als ich nach meiner Rückkehr in ministerielle Gefilde meinem Erstaunen über dieses meiner Ansicht nach doch eher arabeske Geschehen Ausdruck verlieh (oder zählt das Anschließen von zwei Elektroden und zehn Minuten später deren Wiederentfernung bereits als besonders zu belohnende Leistung?!), wurde ich umgehend von seit Geburt Ortsansässigen hinsichtlich der Normalität eines solchen Vorganges belehrt. Wiens geheimer Zweitname lautet, wie ich bei dieser Gelegenheit auch erfuhr, Bakschisch-City. Na ja, der Balkan beginnt nicht an der Ringstraße – die liegt schon mitten drin.

Mein Lieblingsstudienobjekt aber bleiben die Menschen im

[23] Keine Angst – es handelte sich damals noch um Schillinge, nicht Euro!

Zusammenhang mit öMVkM. Hinsichtlich des in früherem Brief schon dargelegten Ein- und Ausstiegssyndroms hatte ich vor kurzem das ultimative Erlebnis. Vorauszuschicken ist, dass ich mich zum Zeitpunkt des Ereignisses, wegen kurz vorher gehabter Kontakte mit chronischer Idiotie sowohl amtlich zugewiesener (also dienstlicher) wie auch ungebeten meinen Lebensweg kreuzender (also privater) Individuen in einem Zustand leicht erhöhten Adrenalinspiegels und leicht gesenkter Reizbarkeitsschwelle befand.

Solcherart frohgemut gestimmt befuhr ich den Lift zur U 3, mit mir zwei mittel- bis nahöstliche WAZ-Schergen einschließlich Zeitungstransportkarren und zwei Damen unbestimmbaren Alters.

Auf Ebene des Bahnsteiges angekommen, verdunkelte eine ziemlich junge, dafür relativ große, vor allem aber umfangreiche Gestalt, knapp vor der sich öffnenden Lifttür stehend, den Ausstieg. Gemäß Statistik sind 70 Prozent der Wiener Schulkinder übergewichtig – für diese Erscheinung müssen, damit die Gesamtsumme wieder stimmt, irgendwo sieben total Unterernährte herumrennen. Ein Vorbeikommen wäre links knapp möglich gewesen, wenn dort nicht Mami Monster gestanden wäre, einen Kopf kleiner, zwanzig Jahre älter, jedoch umfanggleich – wie immer sie sich auch, rein technisch gesehen, vermehrt haben mag.

Der Gesichtsausdruck des Jungmammuts ließ den Schluss zu, dass die Gehirnmasse am Übergewicht nicht nur schuldlos sein, sondern im Gegenteil sogar eher reduzierend einwirken musste, weshalb ihm auch die Überlegung, einen halben Schritt nach rückwärts oder zur Seite zu treten, schlicht nicht zugemutet werden konnte.

Während die beiden Damen verblüfft, die beiden Levantiner verschreckt dreinschauten – letzteres wohl, weil sie zu zweit etwa ein Viertel der Luftverdrängung dieser menschlichen

Tonne hatten – entschloss ich mich spontan zur Aktion, andernfalls die konkrete Gefahr bestand, dass das Monstrum die Liftkabine betreten und uns alle fünf als Abziehbilder an den Wänden hinterlassen würde. Es traf sich günstig, dass ich die Aktentasche mittelschwer (fasst drei volle Breitrückenordner!) in relativ gut gefülltem Zustand mitführte. Ohne näher auf die physikalischen Gesetze von Beschleunigungsverhalten und Massenträgheit einzugehen, will ich nur den Effekt dieses mit leichtem Schwung der rechten Hand nach vorne bewegten Büroutensils darstellen: Beim Zusammenstoß mit fettgepolsterten Weichteilen löste sie bei deren Besitzer eine jähe Positionsveränderung aus, durch die sich eine begehbare Schneise öffnete. Bedauerlicherweise, jedoch streng logischen physikalischen Abläufen konsequent gehorchend, verursachte das wegtaumelnde Subjekt bei den hinter ihm Wartenden einige Kollateralschäden.

Einer der solcherart in Mitleidenschaft Gezogenen aber befand es für notwendig, mich mit folgendem Gekeife anzuöden: „Heast, Trottl, bist bled wurn?" (man beachte das Phänomen des so genannten „Altwiener Pleonasmus": Ein Trottel kann zusätzlich noch verblöden!). „Siagst net, du Pleampl" (so hatte mich seit der Begegnung mit einem Wiener Ausbildungsoffizier in längst verflossenen Rekrutentagen keiner mehr geheißen!), „dos do a no ondere Leit stengan, du Koffa!"

Im Zusammenhang mit meiner oben dargestellten Gemütslage war das der berühmte entscheidende Tropfen, der das Stimmungsfass zum Überlaufen brachte. Soweit mir heute noch erinnerlich, liegt der letzte Anfall ähnlicher Intensität mindestens fünf Jahre zurück und fand nach Lektüre eines Aktes zur 7. Variante der dritten Umorganisation statt. Es war, vermeine ich zu wissen, das eine von zwei Malen in meiner gesamten Berufszeit, in der mich meine Untergebenen und Vorgesetzten brüllend und wüste Beschimpfungen ausstoßend erlebten.

Jedenfalls schüttete ich, auf einem Bahnsteig inmitten von an die hundert Leuten, wobei beim Sprachfluss die Unwillkürlichkeit die Oberhand gewann, den darob ziemlich rasch verstummenden Vorstadtwiener mit einer erlesenen Auswahl aller im letzten Dreivierteljahr aufgenommenen, der Bezeichnung humaner Randexistenzen dienlichen Ausdrücken zu. Eine Nacherzählung im Detail ist unmöglich, die Sache lief zu meiner eigenen Verblüffung, wie von selbst und hätte zur Not für mehrere Ehrenbeleidigungsklagen gereicht. Der Unglückswurm bekam, getreu dem Motto „Ein falsches Wort zur falschen Zeit schafft Ärger, Zank und wilden Streit“, die verbalen Watschen gleich auch für allen vorangegangenen Frust ab.

Jedenfalls zeigte dieses Vorgehen Wirkung: Der Blade plus Mami plus dem soeben als „obrennta Wappla, Lahmsiada, Haubentaucher, eintrocknets Kruspel u. ä.“ Definierten flohen in den Lift, der Rest der Bahnsteigbewohner wich in großem Halbkreis zurück. Noch in der „U“ selbst bekam ich Blicke zugeworfen, die in etwa „Sperrt's eam ein, den Narrischen“ bedeuten mochten. Bemerkenswerterweise fühlte ich persönlich mich zu diesem Zeitpunkt sauwohl – wahrscheinlich ein Zeichen des unter Wiener Einfluss rasch fortschreitenden, erschreckenden Charakterverfalls, der mir aber herzlich wurscht war.

Die Beilage dient der Einstimmung auf „Go international“, viel Spaß wünscht Euch allen

Euer leicht verwienerter Hobby-Zentralist.

Beilage zu Brief Nr. 8

Direkt aus dem NATO-Hauptquartier in Brüssel kann ich die Liste der gewünschten Eigenschaften für das ideale NATO-Mitglied übermitteln. Dieses hat zu sein (in alphabetischer Reihenfolge):

- improvisationswillig wie ein Amerikaner,
- pünktlich wie ein Belgier,
- geradeheraus wie ein Brite,
- diskret wie ein Däne,
- humorvoll wie ein Deutscher,
- bescheiden wie ein Franzose,
- organisiert wie ein Grieche,
- großzügig wie ein Holländer,
- geistig beweglich wie ein Isländer,
- zurückhaltend wie ein Italiener,
- beherrscht wie ein Kanadier,
- verschwiegen wie ein Luxemburger,
- abstinent wie ein Norweger,
- technisch begabt wie ein Portugiese,
- arbeitsam wie ein Spanier und
- entspannt wie ein Türke.

An den Neumitgliedern schätzt man vor allem die polnische Wirtschaft, die tschechische Ehrlichkeit und den ungarischen Ordnungssinn.

Übrigens, im europäischen Himmel kochen die Franzosen, die Deutschen organisieren, die Briten stellen die Polizei und die Italiener sind die Gastgeber.

In der europäischen Hölle kochen die Briten, die Deutschen sind die Polizisten, die Italiener organisieren und die Franzosen sind die Gastgeber.

Brigadier Gunther Spath
derzeit unter leichtem, jedoch undienstlichen Anfraß leidend
(auf „weanerisch“: I bin a weng’ ohgspeist!)

Wien, in explosiven Zeiten

Brief aus dem Exil

DIE NEUNTE!

Geschätzter Äskulapjünger!

Irgendwie kann ich mich des Eindruckes nicht erwehren, in einer für Leib und Leben nicht unbedingt zuträglichen Gegend gelandet zu sein: Zunächst weckt man mich mittels Mopedexplosionen (siehe letzten Brief), eine Woche später heulen um 4 Uhr früh Polizei- und Feuerwehrsirenen, weil sich in unmittelbarer Nähe eine Pizzeria in Rauch und Feuer auflöst. Nun sind ja laufende Versuche. Wien warm abzutragen, historisch betrachtet, nichts Neues und auch in die aktuellen Unternehmungen feuriger Art sind interessanterweise oft Nachfahren der unangenehmen Zeitgenossen muselmanischer Provinienz anno 1529 bzw. 1683 verwickelt – dennoch, muss das sein?! Diese dauernden Schlafstörungen wirken sich negativ auf meinen ohnehin gestressten Organismus aus, außerdem fahren dann am nächsten Morgen genau die öMVkM nicht oder nur behindert, die der hierzustadt gastarbeitende Mensch braucht. Und wenn sie funktionieren, bleibt ihnen, wie neulich dem Lochwurm in der Station Stephansplatz, die Luft (diesfalls mit dem Vorsatz „Druck-“) weg und das p.t. Publikum tritt den Weg zum Arbeitsplatz im Fußmarsch an.

Dies ist, um halbsieben Uhr früh, eine wertvolle Erfahrung. Erstens sieht man die Überreste der Nacht, menschliche wie müllartige, die noch nicht der jeweils passenden Entsorgung zugeführt werden konnten, und zweitens gewinnt man Kontakt mit den tatsächlich arbeitenden Schichten der Bevölkerung – denn was sonst soll eine Gestalt sein, die im auslaufenden Winter um nachtschlafende Zeit einen asphaltierten Pseudogastgarten mittels eines Gartenschlauches von Tschicks und sonstigen Überresten befreit?

Meine Begeisterung für „Multikultur" ist ja amtsbekannt. Inzwischen hat allerdings sogar so ein engstirniger Banause wie ich einen Bereich entdeckt, wo sie reibungslos und perfekt funktioniert, nämlich beim Verunreinigen der Gegend mit allem, was einem als überflüssig erscheint. Hier sind alle kulturellen, nationalen, religiösen und sonstigen Unterschiede verwischt, die Menschheit ist in der beliebten Disziplin des Wegwerfens von allem gerade unnotwendig Erscheinenden, jederzeit und an jedem beliebigen Ort, ein einig Volk von Brüdern. Ob Aus-, In- oder Sonst-wo-Länder, jeder müht sich, sein Scherflein beizutragen und nachdem bekanntlich in der „leabn Weana-Stodt" fast nie ein Wind weht, umfächelt einen permanent ein mit gebrauchten Taschentüchern, Zigarettenstummeln, Damenbinden, McDonalds-Schachteln usw. usf. angereicherter Luftstrom.

Die Nähe oder Ferne jener, in ihrer köstlichen Nutzanwendung dem durchschnittlichen Benutzer von Straßen, Wegen, U-Bahn-Stationen und sonstigen Einrichtungen des öffentlichen Daseins ganz offensichtlich völlig fremden, gemeiniglich als Mistkübel bezeichneten, metallenen oder kunststofflichen Gefäße, die allenthalben herumstehen oder -hängen, hat dabei keinerlei Einfluss auf die wegwerfenden Handbewegungen. Alles, was nicht unmittelbar gebraucht wird, fällt dort zu Boden, wo man gerade geht und steht, eine Symbiose mit den allenthalben vorhandenen Hunds- und Taubenexkrementen sowie den Überresten der Ergüsse besonders erheiterter Beisel- und Heurigenbesucher eingehend. Die Hinterlassenschaften der lieben Viecherln sind ja angeblich wenigstens biologisch und verrottbar –, wenngleich genau besehen niemand so ganz genau weiß, was die gerade gefressen haben –, wohingegen Papier, Kunststoff, Metall etc. eine beachtliche Halbwertszeit aufweisen und daher der Dreck ständig mehr wird.

Nachdem mir aber die lieben aus diversen Weltgegenden zurückkehrenden Kameraden stets versichern, dass Wien im Vergleich zu anderen Ubikationen auf diesem Erdball geradezu unwahrscheinlich sauber sei, male ich mir lieber nicht aus, wie es dort aussehen mag!

Inzwischen pendelt sich der Tagesablauf auf eine natürliche, bürokratiefreundliche Weise ein: Vor- und Nachmittage verbringe ich vorzugsweise bei irgendwelchen ungeheuer wichtigen Besprechungen in Bundeskanzleramt/Außen-/Innen-/Wirtschafts-/Unterrichtsministerium, beim Englischkurs, fallweise auf international beschickten Meetings im näheren oder auch weiteren Umfeld. Zum Arbeiten ist der Abend da und das Überstundenentgelt höherer Dienstklassen ist ja bekannt günstig – nur irgendwann muss eben auch das Papier bewältigt werden, es löst sich trotz inständiger Bitten und breitgestreuter Feldversuche nicht und nicht in Wohlgefallen auf. Übrigens fällt mir in diesem Zusammenhang zunehmend auf, was ich als zwangsbeglückter Empfänger einer Überstundenpauschale in meiner früheren Verwendung zehn Jahre lang für ein „Trottel der Nation“ war[24]. Aber es ist ja nie zu spät, dazuzulernen!

---

[24] Besagte Pauschale deckte ungefähr ein Drittel der tatsächlich erbrachten Leistungen ab – soviel zum Thema „privilegierter Beamter“, das in bestimmten Gazetten so liebevoll gepflegt wird.

Apropos Besprechungen: Wie man ein monatelang laufendes Vorhaben, in das Arbeitsgruppen unter Beteiligung aller österreichischen Einsatzorganisationen und Landesregierungen viel Hirnschmalz und Zeit investiert haben, innerhalb von fünf Minuten spielend wieder an den Anfang zurückwirft, wurde neulich im Innenministerium geradezu lehrbuchhaft vorexerziert.

Mit einer oberamtsrätlichen Frage, deren Steller natürlich bei der letzten Sitzung zum Thema nicht dabei war, kam es zur Vernichtung des Ergebnisses von vier Monaten und zweistündigem Wiederkäuen schon lange abgefressenen Grases. Dass dieser personifizierte Ärmelschoner der Vertreter des zugleich Stadt darstellenden Bundeslandes Wien war, erhöhte die Freude der aus den weiteren Fernen Austurakiens Angereisten eingedenk der Dauer der Ortswechselbewegungen ins Unermessliche.

Ein zweites einschlägiges Erlebnis bot sich bei einem Dreiländertreffen zur gegenseitigen Katastrophenhilfe. Nachdem zwei sehr sachliche und kompetente deutsche Vortragende – wobei ich die Katastrophenschutzbeauftragte des Landes Brandenburg, zwecks gescheit, fesch, temperamentvoll und Neigung zu Klartext anstelle Lobhudelei bei Einsatzschilderungen, bestimmt einmal einem größeren österreichischen Publikum präsentieren werde, alles nur eine Frage, wer's zahlt! – ihre markanten Äußerungen abgegeben hatten, folgte die österreichische Version in Gestalt eines tatsächlichen, aber nicht wirklichen Hofrates.

Sein Vortrag war sozusagen die k.u.k.-Version einer Hochwasserkatastrophe, im Neusprech würde man sagen, die light-Variante, Erzählstil „Hänsel und Gretel verirren sich im Wald“ – oder in diesem Fall besser in den Donau- und Marchauen. Das Beamtenoriginal hätte andernorts möglicherweise Heiterkeit hervorgerufen, hier wanden sich ein paar andere Österreicher in Krämpfen, angesichts des Eindruckes, den dieser von Fakten großteils unbelastete, dafür mit von jeglicher Erkenntnis moderner Unterrichtsmethodik völlig unberührten, eng beschriebenen, wahrlich „packenden“ Folien gespickte Vortrag bei Deutschen und Tschechen hinterließ. Zum Beispiel gab es da eine Statistik der Niederschlagsmengen, Original c/o Zentralanstalt für Meteorologie und Geodynamik, geschrieben etwa in Pica 0,5 (geschätzt), also knapp an der unteren Grenze der Wahrnehmungsfähigkeit, die, 1:1 auf ein wehrloses Transparentpapier übertragen, dem informationsgierigen Publikum präsentiert wurde. Am Rande sei noch erwähnt, dass die verwendete Leinwand, wenn man den Tageslichtprojektor circa einen halben Meter davor aufstellte, gerade noch ein Drittel des Bildes auffing.

Eigentlich wollte ich den Brief bei diesem Stand der Dinge wegschicken, aber am selben Tag erlebte ich drei so herausragende Beispiele des speziellen Wiener Charmes, dass ich nicht umhin kann, diese entsprechend darzulegen.

Szene 1: Halle des Bahnhofes Wien Mitte, dort, wo sich die Menschenströme aus drei unterirdischen Schächten kreuzen, um wieder in denselben zu entschwinden. An diesem Tag jedoch bildeten sie gemeinsam eine ständig größer werdende halbkreisförmige Masse, die meinen Vorwärtsdrang zum Lochwurm Nr. 3 erheblich bremste. Nach durchaus mühsamer Überwindung der Schlachtordnung am linken Flügel, wo sie etwas dünner war, erblickte ich den Grund des Volksauflaufes: Im exakten Mittelpunkt des Halbkreises bewegten sich zwei unschwer der Berufsgruppe Sandler zuzuordnende „Ogstierte“, die Fäuste vor Gesicht und Brust erhoben, sich umkreisend wie zwei Hähne und blickend wie „Hugo der Abgerissene, den Terminator imitierend“. Beide waren eher vom Typ „Nicht anblasen, fällt um!“, wobei der etwas längere überhaupt jedem Spargel einen Fettsuchtkomplex beschert hätte. Auf der Abmauerung zur nächsten Rolltreppe aber saß Miss Obdachlos, die halbvolle Flasche mit Winterwärme-Elixier in der verkrampften Hand und stieß in gleichmäßigen Abständen, wie eine steckengebliebene Platte, die Worte „Goofy, hear auf!“ hervor. Der Abstand zwischen den einzelnen in Tonfall und Tempo stets unverändert vorgetragenen Aufforderungen, die keinerlei wie immer geartete Wirkung auf einen der beiden Kontrahenten zeigten, betrug – ich wurde bis zum U-Bahnsteig von den „Goofy, hear auf!“s verfolgt – exakt vier Sekunden. Wie lange die Rinnsteinlady diesen doch eher eintönigen Monolog durchhielt, weiß ich nicht. Dass die beiden Hahnendarsteller jemals bis zum realen Boxkampf kamen, bezweifle ich nachhaltig. Was ich aber bemerkenswert fand, war, dass keiner der Zuschauer auch nur die Andeutung einer Anstalt machte, einzugreifen oder irgendeine Art von offiziellem Organ wie Polizei o.ä. zu verständigen – es ging ganz offenbar darum, dass „a Hetz“ zu erwarten war und dafür opfert man schon einmal eine frühere Heimfahrt vom Beruf.

Szene 2: Ausstieg aus dem 49-er, Höhe ein Amtsgebäude im „7. Hieb“[25], vor der Bim parkender Kombi. Eine arbeitende Gestalt, Typ Lateinamerikaner, trägt, durchaus eifrig, diverse Gegenstände aus dem Kombi ins daneben liegende Lokal. Neben dem Auto stehen, erstens, ein Wiener oberen Mittelalters, beide Hände tief in den Hosensäcken, vom Heurigenbesuch gestählte, stark birnenförmige Gestalt, offenbar Besitzer von Kombi (und Lokal?), und zweitens ein circa 20-jähriges Mädchen, höchstwahrscheinlich Tochter von ersterem. Und plötzlich hebt der charmante „Weana“ an zu sprechen wie folgt:

„Heast, Gferbta, net lucki-lucki, nix andere Baustelle, roboti, roboti, heute noch fertig werden!“, wobei sich die Stimme auf

[25] So nennt der Einheimische die Wiener Bezirke.

die ungute Kaisermühlner Blues-Art gegen Ende hin hebt und dehnt („feertig weerdeen!"). Daraufhin das weibliche Wesen: „Hearst, wia redst denn du mit eam?!" Woraufhin der fürsorgliche Patriarch äußert: „Wia gredt ghert mit de Gfrasta mitanonda!!" Ich enthalte mich eines Kommentars, denn gleich darauf passiert es.

Szene 3: Wohn- und Unterkunftsgebäude Stiftgasse, Parterre. An der Pseudo-Rezeption lehnen zwei unschwer als Grundwehrdiener-Köche identifizierbare, in leicht angepatztes Weiß gehüllte Jungwiener. Aus dem Speisesaal kommt ein dritter, der sich insofern unterscheidet, dass es sich um einen wehrdienenden Österreicher mit ziemlich dunkler Hautfarbe handelt. Selbiger teilt, freudig lachend, den beiden anderen mit: „Vizeleutnant hat nichts gegen Dienständerung nächste Woche", was von dem einen ziemlich bladen Ureingeborenen wie folgt quittiert wird: „Waast wos, Nega, geh scheiß'n, wos glabst, wia mia wurscht is, wos du mit wen ausmochst!" Dieses hätte er allerdings nicht sagen sollen, denn sein Pech wollte es, dass der indirekt den Disput auslösende Vizeleutnant, um die Ecke biegend, dieses vernahm und hierauf, zumindest nach den folgenden Äußerungen zu schließen, den Dienstplan nächster Woche aus dem Stand neuerlich abänderte, was eher nicht zum Vorteil des Bladen gereicht haben dürfte.

Ich finde solche Erlebnisse immer sehr erhellend und einprägsam, vor allem, weil sie, ich darf wieder einmal das beliebte besondere Wiener Wochenmagazin zitieren, so klar zeigen, was den „urbanen, liberalen, toleranten, multikulturellen" Großstadtbewohner von uns dumpfen, fremdenfeindlichen, präfaschistischen Südösterreichern unterscheidet.

Bis zum nächsten Mal herzliche Grüße an alle Kameraden.

Euer vorgeschobener Beobachter an der Ringstraße.

Brigadier Gunther Spath
auf der Flucht vor Teppichlegern und Ausmalern,
die nahezu jährliche Renovierung
der Büros bewundernd

Wien, wenn die Veilchen blühen

Briefe aus dem Exil

AUSGABE 10

Verehrter Beschaffer unwillkommener Arbeit!

Also, das hätte ich mir von dir nicht gedacht! Als Dein unmittelbarer Vorgesetzter war mir ja deine Reise- und Kongresslust durchaus sympathisch, weil immer mit interessanten Erzählungen aus der großen weiten Welt endend, sintemalen ich kaum in die Situation kam, die Ergüsse Deiner reichen Erfahrung bearbeiten oder gar umsetzen zu müssen, weil sie zumeist höhere, planende oder beschaffende Ebenen betrafen. Nachdem Du aber geruht hast, den letzten Kongress transatlantischer Militärbader mit dem ohnehin schon sehr verdächtigen Thema der Bedrohung durch Radioaktivität, biologische und chemische Mittel, zu besuchen und doch tatsächlich die Stirn besessen hast, schriftlich niederzulegen, dass es in Österreich vor allem Richtung B (nicht das Vitamin, sondern „biologisch") praktisch kaum Vorkehrungen gäbe, habe jetzt ich, kraft Zuständigkeit für einschlägige militärisch-zivile Maßnahmen, den Scherben auf. Aber ich habe ja mit den anderen sieben Sachgebieten ohnehin zu wenig zu tun ...

Spaß beiseite, es ist auf Grund diverser Ereignisse (siehe den Anschlag in der U-Bahn von Tokio) ohnehin klar, dass wir uns derzeit verstärkt mit den Problemen biologischer und chemischer Bedrohungen beschäftigen und jede diesbezügliche Anregung bei mir daher keine Tür, sondern ein offenstehendes Scheunentor einrennt. Nur – mach diversen zivilen Stellen in diesem schönen Alpen- und Donaustaat einmal klar, dass die Bedrohungen auf dieser Welt doch ein wenig vielfältiger sind als das, folgt man einschlägigen Schlagzeilen, demnächst zu erwartende in die Luft fliegen grenznaher Reaktoren. Bohunice und Temelin verstellen offenbar den Blick auf alles andere[26].

Dass man sich, angesichts dieses im staatlichen Krisenmanagement fast ausschließlich vorherrschenden Bedrohungsbewusstseins, zugleich von anderer Seite der uns so weise Regierenden gerade daran macht, den letzten Kernspalter in Österreich, den Forschungsreaktor Seibersdorf, und damit jede weitere Möglichkeit, im Inland einschlägiges Wissen und praktische Erfahrung zu gewinnen, abzudrehen, gehört zur vererbten alpenländischen Schizophrenie. Wenn keiner im Inland mehr etwas von Reaktoren versteht, wer wird dann im Fall des Falles entsprechend seriöse Beurteilungen abgeben, nach denen unsere Staatslenker dann gewiss dürsten?

Aber damit weg von den Horrorszenarien hin zum realen Alltag, mit dem militärischen beginnend, den ja keineswegs nur solche Akten wie Deiner beleben.

Der Mai wird spannend! Da kann ich endlich einmal die ganze Bandbreite meines Tätigkeitsbereiches, die amtskalendergemäß zugewiesenen Aufgaben plus die dort nicht festgehaltenen (meist die, die mehr Zeit erfordern) auskosten. Von der Leitung eines Verbindungsoffiziersseminars über eine internationale Expertentagung im Vienna International Center zum

[26] Es gab in diesem Zusammenhang so viel Populismus, von Medien wie Politik, dass dahinter die Sachlichkeit unversehens verreckte.

Thema „Revision der Haager Kultugüterschutzkonvention“, einen Vortrag beim Verbundkonzern über NATO-Option, Heeresreform und zivil-militärische Zusammenarbeit mit dem Schwerpunkt Energiesicherung, eine Assistenzübung in Hochfilzen und ein Ethikseminar geht es nahtlos nach Prag, denn es ist höchste Zeit, die nächste multinationale Stabsübung vorzubereiten – selbstverständlich eine Woche lang Konferenzsprache Englisch, Teilnehmer Polen, Tschechien, Slowakei, Ungarn, Slowenien und wir.

Wie sagt unsere australische Sprachlehrerin, bei der ich zweimal pro Woche aufpoliert werde? „Oh dear, won't that be funny?“ Oh yes, I think so!“ Ich bin sehr gespannt, wer von den Konferenzteilnehmern da wirklich was verstehen und zu Hause melden wird! Ich könnte da schon aus der Erfahrung plaudern, wie das polnische oder slowakische Generäle mit der im Übereinkommen strikt untersagten Mitnahme von Dolmetschern so halten. Der „gstondene Weana“ würde sagen: „Net amol ignorieren!“ Jeder Übungsteilnehmer müsste mindestens die zweite Leistungsstufe in Englisch erreicht haben, hat da einer hingeschrieben – selten so gelacht!

Daneben habe ich noch ein bisschen Freizeit, die wird genutzt zum wehrpolitischen Vortrag bei einem Höheren Militärfachlichen Kurs, einem Abstecher zu einem weiteren Vortrag nach Keutschach und schließlich noch einen nach Klagenfurt, man wüsste ja sonst nicht, wozu Wochenenden gut sind. Damit mir nicht fad wird, führe ich zwischendurch meine Söhne ins Trainingslager nach Schielleiten und zu diversen Leichtathletik-Meetings und -Meisterschaften zwischen Villach, Gratkorn und St. Pölten.

Ehe ich mein Schicksal weiter beweine, machen wir einen Abstecher in den Wiener Alltag. Die warme Jahreszeit macht sich nun doch bemerkbar und dies hat einige interessante Folgen.

1. Der in der Winterkälte fast in Vergessenheit geratene, normale Geruchspegel in Seitengassen und Lochwurmstationen kehrt wieder ein. Entweder – pardon, aber so ist es – scheißen hier Leute in die Ecken oder gehen mit vollen Hosen U-Bahnfahren, wie sonst sollte dieser Spezialmief zustande kommen?

2. Die Kleidung wird dünner, kürzer und weniger. Es ist wahrhaft erstaunlich, welchen Mut Leute mit welchen Körpermaßen, die über praktisch jede stoffliche Umrandung quellen, besitzen, frei nach dem Motto „Seht her, alles meins!“ Auch bekommt man in der Provinz doch nicht in dieser Anzahl und Farbenprächtigkeit Haartrachten bei Männlein und Weiblein vorgeführt, die vielleicht zu irgendeinem Voodoo-Ritual gehören, von dem die Besitzer vermutlich wenig wissen. Auch möchte man nicht glauben, welche Körperteile man sich womit piercen kann. Anscheinend muss es einige Vertreter der männlichen Bevölkerungsanteiles geben, die beim Schmusen auf das Gefühl eines Hunderternagels im Mund stehen – na ja, jedem Tierchen sein Pläsierchen.

   Apropos: Im neuesten, nicht Wiener, sondern Steirisch-Kärntnerischen Zeitgeistgenuss namens „Megascene“, von einer offensichtlich jählings von geistigem Bodennebel überfallenen Redaktion einer Tageszeitung in der Irrmeinung herausgegeben, solcher Schwachsinn interessiere die Masse der Jugendlichen, schildert eine einschlägig metallisch Behandelte, wie sehr sie nach der Einsetzung diverser Teile gelitten habe, nun aber „hat es sich doch gelohnt“. Die junge Dame verschweigt dem ergriffenen Leser nur bedauerlicherweise, was und wofür es sich gelohnt hat, zum Beispiel einen Nagel durch die Zunge oder durch noch ganz andere Körperteile zu jagen – aber mein beschränkter, reaktionärer Untertanengeist wird das ohnehin nie verstehen.

Was er, in aller Bescheidenheit, versteht, ist, dass sich die Anzahl der Leute mit einem einigermaßen kräftigen Schuss auf dieser Welt bestimmt nicht verringert hat und dass es nichts gibt, woraus man nicht ein Geschäft machen kann – wobei die menschliche Dummheit überhaupt einen der belebendsten Faktoren für die entsprechend innovative Wirtschaft darstellt.

3. Die Konzentration der Verkehrsteilnehmer sinkt proportional mit den auf diversen Gebäuden in Großziffern angezeigten Celsius-Graden. Banküberfälle mit dem Straßenbahnbeiwagen[27], wie Anfang dieser Woche, sind zwar selbst dann eher selten, aber der tägliche Auffahrunfall kann, mit etwas Glück, den beruflichen oder privaten Wanderer durch die Bundeshauptstadt immer wieder erfreuen. Dabei ist interessant, dass im Regelfall der als erstes Stehende von allen hinten Draufgekrachten auf das gröblichste beschimpft wird, obwohl der Gesetzgeber in der Straßenverkehrsordnung gerade ihn im Regelfall als einzig Unschuldigen an der Karambolage behandelt.

   Besonders kreativ wird der männliche Wiener in seiner Wortwahl, wenn der unerwartete Prellbock durch zarte Frauenhand gelenkt wird. „Hearns, Se Krampn, Se Uhu, Se tramhapate Kua, wons net kennan, donn tuans net! An Gschropn hots a no in den Schmarrnhefn, sowas traut Se no si vamehrn! Kennans net schaugn, wo ana daherkummt, Se Schleiereuln?! Leichn's eana a Metschbox-Auto von ihnara Züchtung, Se übawuzelte Krah und schiabn's es daham am Teppich umananda, stott do normale Vakehrsteilnehma z'schrecken, Spinatwochtl!“

---

[27] Der fuhr tatsächlich mit Geschwindigkeitsüberschuss in eine Filiale – allerdings nicht wirklich gewollt.

Dieser Monolog fand übrigens nahe der „künstlerisch“ veränderten Sezession statt, die irgendein Mensch, dem alten Spruch von den Narrenhänden folgend, mit roter Farbe unregelmäßig überschüttet und damit in einen Bau von selten gesehener Hässlichkeit der äußeren Erscheinung verwandelt hat. Da aber Kritik an Scharlatanerie und Publikumsverhöhnung selbstverständlich ein böses, faschistisches Relikt ist, wollen wir, gemeinsam mit den die alleinige Wahrheit mit dem Löffel gefressen habenden fortschrittlichen Kunstexperten, in Lobpreisung verharren.

Es hat ja auch gerade ein Regisseur, von den einschlägigen Kolumnisten in fast allen Medienprodukten bejubelt, eine sensationell idiotische, auf Heutigkeit und Morbidität hin getrimmte Version des „Zigeunerbaron“ auf die Bühne geknallt und somit „endlich dieses peinliche Libretto von Patriotismus und soldatischem Heldentum entlarvt und die richtigen Dimensionen hergestellt.“ Ach, wie entzückt war doch die Kritik! Nur das blöde Publikum weigert sich bedauerlicherweise, den zum sinnlos modernisierten und völlig entstellten Schmarrn verkommenen Kunstgenuss zu sich zu nehmen und zahlt nichts für diesen Leckerbissen – welche Verkennung wahren Genies, wie tieftraurig! Ja, ja, „Picasso war kein Scharlatan“[28], wie wahr, wie wahr!

Bei dergleichen stark im Zunehmen begriffenen Höhepunkten der Verfremdung (so heißt, glaube ich, eines der Modeworte für ungefragtes und unerwünschtes Herumpatzen an Werken früherer Künstler) drängt sich mir immer dieselbe Frage auf: Wenn einschlägigen Regisseuren und ihren willfährigen Helfern von Intendanten bis Bühnenbildnern zeitgeistige Kritik an heutigen Umständen so unerhört wichtig ist – warum setzen sie sich nicht auf den Hosenboden und schrei-

[28] Dieses Buch von Ephraim Kishon kann man nur wärmstens empfehlen!

ben selbst ein entsprechendes Stück? Warum muss mit Gewalt modernisiert und bis zur Unkenntlichkeit zerlegt und umgeschrieben werden, was jemand unter großem Bemühen und kunstvoll oft vor Jahrhunderten geschaffen hat? Warum ist in Opernhäusern und Theatern Leichenschändung an schon lange verstorbenen Komponisten und Dichtern eigentlich kein strafbarer Tatbestand?

Am Rande sportlicher Betätigung gewann ich wieder einmal erhellende Einblicke in die durchaus bewundernswerte Rationalität großstädtischen Denkens, im Speziellen der mit den Belangen der Sicherheit befassten Organe:

Vom Laufausflug auf der schon gewürdigten Prater Hauptallee kommend durchschritt ich die mäßig sauberen und sparsam ausgeleuchteten Gänge unter dem Verkehrsgewühl am Praterstern Richtung Bahnhof Wien-Nord. Im Zuge des Vorwärtsschreitens wurde ich einer einigermaßen jammervollen Gestalt ansichtig, in einer Gangecke liegend und offenbar in durch den Genuss von Rauschmitteln reichlich beeinträchtigtem Zustand. Entgegen aber schlenderten mir mit der gebührenden routinemäßigen Aufmerksamkeit im Gesicht zwei Beamte der Wiener Sicherheitswache, warfen kurze Blicke auf den Zugedröhnten, ohne ihre Bewegung anzuhalten und setzten ihren Weg Richtung Hauptallee-Ausgang fort. Kaum in der Lage meine Überraschung über dergleichen interessantes Amtsverhalten zu verbergen, näherte ich mich in der geboten devoten Weise, wenn der Staatsbürger die Obrigkeit zu belästigen beabsichtigt und frug, ob denn vielleicht … dort gesehen … Zustand … möglicherweise … doch irgendwelche Maßnahmen? Und wurde mir sofort erhellende Auskunft gegeben solcherworts:

„Liabe Herr, wonn mo den do aufklaubn, wer ma feststölln, doss er hei is und wohrscheinli weard er net vü mehr Stoff ols fir se selba dabei hobn. Olsdonn kenn ma eam ausnichtern und wiada auslossn und wo wer man in achtevierzig Stund wieda finden? Genau do! Olso, loss man glei do!“ Vor dieser aus tiefer Erfahrung und Resignation an den Zuständen getragenen polizeilichen Logik konnte ich nur kapitulieren.

Damit noch einmal kurz zu einem meiner Lieblingsthemen, den öMVkM – diesmal Sparte U-Bahn-Fahrer. Je länger man hier lebt, desto mehr fallen einem die liebenswerten, individuellen Details auf. Das besondere An- und Abfahrverhalten habe ich schon gewürdigt, heute wollen wir uns dem schönen Spruch „Zug fährt ab!“ zuwenden. Wer meint, an so einfachen drei Worten könne nicht viel zu finden sein, der irrt. Da gibt es den „Dehner“: „Zuuuug fäähhhrt aaab!“ Sein Widerpart ist der „Raffer“: „Zgfrtub!“ Neulich in der Früh erlebte ich eine neue (weibliche) Variante, die dehnte Konsonanten, was man normal eigentlich gar nicht kann, sie konnte: „Zugggg fährrrt abbbb!“ Schließlich gibt es noch die „Sparsamen“, im Wesentlichen in zwei Varianten: Entweder „Zuggg!“ oder „Abbb!“, Zeit ist Geld, zwei Worte eingespart sind drei Sekunden Fahrzeit, vermute ich mal!

Mit herzlichen Grüßen vom sich langsam erwärmenden Donaustrand.

Euer Exilant.

Brigadier Gunther Spath
Die hochsommerlichen „Vorteile"
einer Südseitenkanzlei genießend,
jedoch dieser oft trickreich entkommend

Wien, aus allen Poren schwitzend

Briefe aus dem Exil

AUSGABE 11

Werter leitender Angehöriger der wehrhaften Medizin Austurakiens!

Nun habe ich mich ja wahrlich lange nicht gemeldet. Aber wenn man zwar zwei Monate lang ununterbrochen im Dienst ist, diesen jedoch in Prag, Kaprun, ja sogar im heimatlichen Klagenfurt – ach, was war ich doch darob beleidigt! – und sonstwo bei Vor-, Nach-, Zusatz-, Grundsatz-, Arbeits- oder sonstigen Besprechungen verbringt, fernab der geliebten dienstlichen und privaten Blechtrottel, dann ist das eben so.

Inzwischen hat sich ja etliches getan: Die Entwicklung Wiens zur Weltstadt ist nicht mehr aufzuhalten! Nach erfolgreichen Versuchen, Mopeds mittels Rohrbomben in Flieger zu verwandeln und Pizzas ganz besonders heiß und zwar gleich mit dem ganzen Lokal zu backen (siehe frühere Exilnachrichten), kann einem jetzt also am helllichten Tag unweit des Stephansdomes ein russischer Mafiakiller eine Kugel in den Kopf jagen und dann einfach verschwinden – und dann war er das vielleicht gar nicht? Also, die Europareife für die eben begonnene EU-Vorsitzführung wird seitens unserer geliebten Alpenrepublik jedenfalls mit Riesenschritten angestrebt, auch wenn wir den Brüsseler oder römischen Standard hinsichtlich Überfällen und Raub auf offener Straße bedauerlicherweise noch nicht ganz erreichen.

Aber wir sind stark im Aufholen! Wie soll auch in einem Staat die organisierte aus- und inländische Kriminalität bekämpft werden, in dem sich die einen (Politiker) der Freundschaft mit einem anerkannten Mörder brüsten und ihm noch Aufmunterungen ins Gefängnis schicken („dein Charly, dein Poldi")[29] und die anderen jeden Ausländer für eine integrierungswürdige Lichtgestalt, die Masse der Einheimischen hingegen für potentielle Faschisten halten?

In gewisser Weise passt es dazu: Wie ich soeben den Kulturnachrichten auf Radio Wien entnehme, plant der weltberühmte Künstler Hermann Nitsch sein bisher größtes „Orgien- und Mysterientheater" zu veranstalten, zu welchem Behufe er auf seinem niederösterreichischen Schloss mit Wein, Blut und Gedärmen experimentieren wird. Unter anderem sind drei lebende Stiere zur persönlichen Schlachtung durch den Meister vorgesehen, die Ausweidung diverser weiterer Tiere und das Verpritscheln von tausend Liter Tierblut extra, Dauer des Events eine Woche, wobei man einen Tag schon für den Spottpreis von 3.000 Alpendollar, die ganze „Session" für lächerliche 12.000 miterleben darf. Wie toll, wie erregend, wie künstlerisch wertvoll und hochstehend!

Natürlich darf in der Berichterstattung das Interview mit potentiellen Gästen nicht fehlen, die sich zum Beispiel tatsächlich jetzt schon schwere Sorgen machen, dass sie zu früh zu Alkoholleichen werden und daher vielleicht etwas versäumen könnten. Wörtliches Zitat aus einem Interview: „Das Schöne ist, dass man sich gleich anfangs ordentlich ansaufen muss,

---

[29] In weiterer Folge brachte die Causa des Schifferlversenkers Udo Proksch doch den einen oder anderen ins Schleudern.

weil sonst hält man den Anblick und den Geruch nicht aus." Donnerwetter, da entgeht aber wirklich jedem nicht Eingeladenen etwas! Ich bin überzeugt, dass zu dieser Veranstaltung alles aufgeboten werden wird: die Seitenblicke-Gesellschaft, die allem mehr oder weniger Fortschrittlichem nachhechelnden Politiker, die sich vor Entzücken in den eigenen Zeitungsspalten Laokoon-artig verwindenden Kritiker „urbaner, liberaler, toleranter" Prägung und insgesamt alles, was an Dekadenz so herumläuft – so lange man noch, selbstredend vor dem „Alkoholmysterium", aufrecht gehen und stehen kann.

Der aus seinem wild wuchernden Bartwald mit listigen Schweinsäuglein in die Welt blinzelnde Herr Nitsch, ganz bestimmt ein Mensch von hoher sozialer Intelligenz und Fähigkeit, die Eitelkeit und zeitgeistige anpasslerische Feigheit seiner Klientel auszunutzen, lacht sich vermutlich jeden Abend, wenn er alleine ist, halb tot über die Dummheit der Schickeria, die ihm da ihre Verehrung entgegenschleimt.

Auch bin ich ganz gewiss kein Anhänger moralinsaurer Apostel à la Humer, aber die Aktion Anti-Mühl-Bild[30] war vom Ansatz her nicht übel – bedauerlicherweise hat sie Ruhm und angeblichen „Wert" des künstlerischen Schaffens des Herrn Kinderschänders noch gesteigert. Bei aller gebotenen Sachlichkeit: Eine Gesellschaft, die einen einschlägig rechtskräftig Verurteilten im Namen der „Freiheit der Kunst" nicht nur toleriert, sondern auch noch zum mehrfachen Millionär macht, muss sich schon Fragen nach ihren tatsächlichen Werten gefallen lassen. Und die Überlegung, was wir als Soldaten hier im Fall des Falles an „Freiheiten und Rechten der Bürger" tatsächlich verteidigen, wird immer schwieriger beantwortbar. Blasphemie, Perversionen und Dekadenz sind, mit Verlaub, keine schützenswerte Güter.

---

[30] Der Versuch, eines der Perversitäten darstellenden Bilder des Kinderschänders übermalend zu verfremden.

Warum nur lese ich in letzter Zeit öfter Schilderungen der Umstände, an denen das Römische Imperium buchstäblich verfaulte, bis es eigentlich gar nicht mehr von irgendwelchen Fremden erobert werden musste? Vielleicht, weil ich eine reaktionäre, vom Mief gestriger Moral und unmoderner Ansichten über Gesellschaft, Familie und Staat beherrschte, nach völlig gestrigen Werten erzogene und ausgebildete, rettungslos antiquierte Gestalt bin? Und dazu noch borniert – ich habe nämlich in keiner Weise den Wunsch oder das Bedürfnis, diesbezüglich in mich zu gehen und mich zu ändern! Ich fühle mich wohl und lache viel, wohingegen ich bei vielen ununterbrochen auf Problemsuche befindlichen Anhängern alternativer Lebensformen und -weisen permanent eine geradezu dogmatische Humorlosigkeit, garniert mit ständig leidendem Gesichtsausdruck, feststelle.

Damit ein bisschen zum „diensteln“:

Wie ich dem Referat deines Gottsöbersten bei meinem Verbindungsoffiziersseminar entnommen habe, gibt es ihn eigentlich nicht wirklich – den integrierten Sanitätsdienst[31]. Heute hat er uns bei einer Besprechung doch glatt verweigert, ihn als Aufgabe der Versorgungsführung anzuerkennen, denn, wörtlich: „Was es nicht gibt, kann man auch nicht bearbeiten“.

Das Versäumte nachzuholen reichte also zur Auslastung für das nächste Jahrzehnt. Vielleicht haben wir uns aber bis dahin endgültig weg-umgegliedert, denn ein paar Pharisäer ätzen jetzt schon, die Heeresorganisation „Neu-Schrumpf“ (siehe die Erläuterung in früherem Brief) werde vielleicht gerade die Jahrtausendwende erleben, um dann ehrenvoll bestattet zu werden. Bis dahin werden ja auch unsere hervorragenden Si-

[31] Das wäre das koordinierte Zusammenwirken aller zivilen und militärischen Sanitätsdienste im konkreten Bedrohungsfall, dessen mögliches Eintreten die österreichische Politik konsequent verdrängt.

cherheitspolitiker, vor allem die so genannte „Moskau-Fraktion“ (gemein, dass das ein Journalist vor mir erfunden hat!), eine Lösung des Optionenproblems[32] erreicht haben, ich tippe vorsichtshalber einmal auf eine neue „Trilaterale“ Russland-Slowakei-Österreich. Dann hat es auch der Herr Parlamentspräsident leichter mit seiner seltsamen Ansprache vor der Duma, und die diversen Kernkraftwerke im Nordosten sind dann vielleicht so eine Art Familienangelegenheit?

Es gelingt mir übrigens mühelos, auch ohne das Verfassen destruktiver Artikel in mehr oder weniger fachkundigen Erscheinungen der Medienlandschaft, von verschiedenen Leuten hier als „enfant terrible“ betrachtet zu werden. In meiner bekannt zurückhaltenden und unkritischen Art habe ich zum Beispiel im Rahmen eines Referates vor Vertretern des Verbundkonzernes und in Anwesenheit eines Vertreters des Bundeskanzleramtes, die ja das „Staatliche Krisenmanagement“ erfunden haben, festgestellt, dass sich letzteres eigentlich hauptsächlich zur Vermehrung der Bürokratie anlässlich von Tschernobyl gegründet habe und man mit einigem guten Willen auch alle diese Dinge in der durch Jahrzehnte mühsam entwickelten Umfassenden Landesverteidigung (ULV) untergebracht hätte. Nicht gesagt habe ich dabei, wie viele neue höherwertige Posten mit dieser genialen Erfindung verbunden waren. Werden mal sehen, was geschieht, falls der gute Mann das seinem gruppenleitenden Ministerialrat weitererzählt...

Überhaupt führen meine Versuche, die zivil-militärische Zusammenarbeit als etwas Praktisches zu sehen und weniger Aktenabläufe und programmatische Erklärungen als Effektivität einzufordern und hierzu einmal Zustand und Entwicklung der

[32] Es geht dabei um die Möglichkeit eines NATO-Beitrittes als „Option“ in der Sicherheitsdoktrin.

ULV konkret darzustellen, zu erheblicher Beunruhigung auch im eigenen Ressort. Die Beiträge, die ich dazu bekomme, belegen einigermaßen deutlich, dass man sich hier nicht von einem Neuling, noch dazu „von draußen“, zum Arbeiten einspannen lassen wird. Statt der erwarteten, mehrseitigen, begründeten Zulieferungen zu meinen Absichten schickt man mir, nachdem zunächst die angesprochene Abteilung das Ganze erfolgreich zuständigkeitshalber einer anderen weitergeschoben hat, unter exzessiver Ausnutzung der zentralstellensystemimmanenten Schneckenpost, dürre, aber juristisch wohlformulierte Fünf- bis Sechszeiler des Inhaltes, dass man sich angesichts der unüberwindlichen Schwierigkeiten und personellen Engpässe bedauerlicherweise außer Stande sehe ... usw.

Der absolute Hit ist aber meine aktuelle Tätigkeit als stellvertretender Projektgruppenleiter für die „Reorganisation der territorialen Organisation“. Alle wissen, dass gestrafft werden muss – aber selbstverständlich nicht bei ihnen, egal ob die Sektion im Ministerium, Korps- oder Militärkommando. Folgerichtig betreiben alle nach mehr als drei Jahren lähmender Circulardiskussionen das zutiefst österreichische Spiel „debattieren wir doch einmal übers Grundsätzliche“. Alle haben plötzlich noch nie von schon x-fach wiedergekäuten Dingen gehört, sind überrascht über die Vorgangsweise, wollen mehr Grundlagen, wollen Akten sehen, die sie zwar nicht brauchen, gegen die man aber vielleicht gut polemisieren kann, um damit am Ziel vorbeizureden. Ach, wie ist das alles schön – außerdem bleiben dadurch fünf andere Projekte liegen und im Herbst bin ich sowieso terminmäßig zwischen Rom, Brüssel, Oberammergau, Krakau etc. so ausgebucht, dass eh nix mehr geht. Juhu!

Übrigens – und das bezieht sich nicht so sehr auf die Arbeit, die ja trotz allem hochinteressant ist, allerdings auch schlicht zu viel, um sie wirklich ordentlich in allen Details zu erledigen – darf ich nach mehr als einem Jahr Erfahrung mit den Segnungen des Diensplatzwechsels, was private Lebensumstände, soziales Umfeld, dienstrechtliche „Vorzüge“ der Übersiedlung etc. betrifft, potentiellen Nacheiferern einen guten Rat geben:

Sollte Euch jemals ein Minister oder ähnliches das Hohelied von der Flexibilität singen, wie das mir geschah, und von der Beweglichkeit schwärmen, ohne die man nichts mehr wird usw. usf.:

Glaubt ihm kein einziges Wort!

Nicht nur sind in Wahrheit ein Gutteil jener, die seit der Posteneinnahme in der Zentralstelle nach Abschluss der militärischen und/oder zivilen Ausbildung kaum den Sitzplatz gewechselt haben, zum Großteil, dank „näher bei Gott“, wesentlich schneller die Karriereleiter hinaufgeklettert, ohne irgendein Zeichen von Bewegung zu setzen,

nicht nur ist das einzige Bestreben aller irgendwie damit befassten Stellen, dem lästigen Eindringling von „draußen“ möglichst schnell Trennungsgebühren und ähnliche ungerechtfertigte Vorzüge einzustellen, auf dass sich die Versetzung finanziell in einen Nachteil verwandle,

nicht nur wird man, unter Ausnützung der mieser werdenden persönlichen finanziellen Lage, gezwungen, ein Besenkammerl ohne auch nur einen Wasserhahn als Unterkunft anzunehmen (womit soll ich mir eine zweite Privatwohnung leisten!?), – denn im Wohn- und Unterkunftsgebäude müssen ja die Hundertschaften an Kraftfahrern für die Bewältigung des EU-Vorsitzes untergebracht werden – und

nicht nur ist diese Situation den meisten amtlich zugewiesenen Mitbürokraten über, neben und unter einem völlig wurscht, die einen bestenfalls durch eindrucksvolle Schilderungen ihrer vierzig Jahre zurückliegenden Sekretärs- oder Leutnantszeit anöden, in der es ihnen „auch nicht besser gegangen“ sei. Na ja, ein kleiner Unterschied dürfte nach fast dreißig Dienstjahren und sechs Dienstgraden doch sein, oder liege ich da falsch mit meiner Ansicht?

Man bekommt auch sehr deutlich zu verstehen, dass die „Wiener Partie“ auf Integration von „Zuagrasten“ keinerlei persönlichen oder gesellschaftlichen Wert legt. Und auf das hierzulande offensichtlich übliche Erkaufen sozialer Kontakte durch spendable Einladungen verzichte ich keineswegs nur aus monetären, sondern aus prinzipiellen Gründen, die mit Charakter auch etwas zu tun haben.

Also sitze ich, ein 47-jähriger Familienvater in angeblich geachteter beruflicher Position, nächtens in einem Mannschaftsblock der Maria-Theresien-Kaserne, einigermaßen im Dreck – mit, so unglaublich es klingt, einer privaten Müllhalde vor der Zimmertür, zu deren Entfernung offensichtlich Herren des militärischen Establishments der Bundeshauptstadt nicht die Macht haben. Es zahlt sich nicht wirklich aus, über Einrichtung, Reinigungszustand der Fenster usw. zu schreiben – es ist wie's ist.

Also nochmals: Wenn Euch irgendwer erzählt, dass nur die Flexiblen ..., glaubt ihm kein einziges Wort!

Hiermit grüßt Euch, allerdings in Vorfreude auf einen mehrwöchigen, durch das territoriallastige Projekt leider zu unterbrechenden Urlaub Euer

Wiener General mit den Lebensumständen eines Unterbrükken-Sandlers.

Brigadier Gunther SPATH
nach erfolgreich durchgeführter Übersiedlung
in die Maria-Theresien-Kaserne (MTK), alias „Resl“
alias Mutter Teresas Kummer

Wien, seine tiefsten Seiten zeigend

Briefe aus dem Exil

AUSGABE 12

Sehr geehrter Sanitätsrat!

Nach etwas längerem Schweigen (Urlaub, Hitze, altersbedingter Gehirnzellenschwund etc. ...) und nach erfolgreicher Erledigung der ersten Etappe des Unternehmens „Schlacht um die Neuorganisation“ darf ich mich wieder mit Neuigkeiten aus dem Bundesdorf einstellen.

Diesmal habe ich die Form eines „multiple choice“-Testes gewählt, wobei, analog der allseits geschätzten neuen Führerscheinprüfung (einer meiner Söhne steckt mitten drinnen, ich bin daher Experte!), eine, mehrere, alle oder keine Antwort richtig sein können. Bei richtiger Lösung ergibt sich beim Kandidaten ein Aha-Effekt der mittelzynischen Prägung. Vor Beginn des Testes sei eine Warnung ausgesprochen: Satire überzeichnet immer, enthält aber natürlich auch den berühmten Kern Wahrheit. Wer ihn herausschält, wird sich auskennen.

Einleitung: Da für die zum Oktober-Einrückungstermin einberufenen Damen entsprechende Unterkünfte gebraucht werden, darf ich in der Maria-Theresien-Kaserne wieder übersiedeln. Die Ubikation wird jetzt nämlich rasch saniert – was ja für Rekrutinnen selbstverständlich notwendig ist, für einen Amtsrat, einen Oberstleutnant und einen Brigadier als Vorbewohner der drei Zimmer und Nutzer der benachbarten „Erlebnis-Sanitäranlagen“ natürlich überflüssig.

1. Die neue Unterkunft unterhalb der Militärstreifenkompanie ist

   - ☐ ein Palast
   - ☐ militärisch-rustikal
   - ☐ ein Loch

2. Das Ambiente ist

☐ sauber	☐ dreckig
☐ hell	☐ finster
☐ warm	☐ saukalt
☐ freundlich	☐ zum Davonlaufen

3. Sanitäranlagen inkl. Wasserhähne sind sauber von den Zimmern getrennt. Aus dem Abfluss der Badewanne steigen

   - ☐ Rosendüfte
   - ☐ Kernseifengeruch
   - ☐ alte Abwässer
   - ☐ Ungeziefer

4. Der Spiegel über dem Waschbecken ist

   - ☐ groß und beleuchtet
   - ☐ halbblind
   - ☐ heruntergefallen und mangels Haken nicht wieder befestigbar

5. Ein Handtuchhalter
   - ☐ ist unter dem Waschbecken
   - ☐ an der Wand
   - ☐ nicht existent

6. Für das Bewohnen dieses Loches
   - ☐ kassiere ich Schmerzensgeld
   - ☐ kriege ich ein Beileidsschreiben der Betriebsversorgungsstelle
   - ☐ schreibt mir das Militärkommando Wien öS 1000,– an Vergütung vor.

7. Auf Grund der „verkehrsgünstigen" Anbindung der MTK lerne ich neben den schon immer benutzten öMVkM wie Bim und Lochwurm nun auch die Autobusse kennen, in meinem Fall den privatisierten Teil der Wiener Linien, geheißen „Dr. Richard", und zwar jeden Morgen gleich zwei davon.

   Die roten Flitzer verkehren
   - ☐ gemäß ausgehängtem Fahrplan
   - ☐ nach dem Zufallsprinzip
   - ☐ je nach persönlicher Uhrzeit-Auffassung der Fahrer (führt vor allem bei den langen Intervallen nach 20 Uhr zu entzückenden Überraschungen)

8. In der U-Bahn Richtung City
   - ☐ ist es kuschelig – für Polarbären
   - ☐ zieht es wie bei Kap Horn
   - ☐ stinkt es

9. Die Nutzer der öMVkMs in den frühen Morgenstunden schauen
   - ☐ fröhlich
   - ☐ apathisch
   - ☐ angefressen

Hier kann der Getestete Zusatzpunkte gewinnen, indem er die folgenden Prozentsätze richtig zuordnet: 0,1 Prozent, 49,9 Prozent, 50 Prozent.

10. Unter den Fahrgästen überwiegen im langtägigen Durchschnitt (Vorsicht, politisch unkorrekt!)
    - ☐ Neger
    - ☐ Molukken
    - ☐ Ex-Yugos
    - ☐ Tataren
    - ☐ Latinos
    - ☐ japanische Touristen
    - ☐ Mongolen
    - ☐ Sandler
    - ☐ Süchtler
    - ☐ Kuruzzen
    - ☐ Punks

Achtung: Bonuspunkte, wenn die Tageszeit des vermehrten Auftretens der jeweiligen Gruppen auf eine halbe Stunde genau angegeben werden kann.

11. Der plötzliche Übergang von über 30 Trümmern Celsius auf Frieren hat in den diversen Aus-, Ein- und Umsteigstationen die Anzahl der Sandler, Schnorrer, Süchtler etc.

- ☐ verringert
- ☐ vermehrt
- ☐ zu einer Landplage werden lassen

12. In Entsprechung der Temperaturentwicklung produziert die Klimaanlage im Bundesamtsgebäude 3
    - ☐ warme Luft
    - ☐ kalte Luft
    - ☐ Influenzabakterien

13. Die Arbeit an diversen Projekten, von Organisation bis multinationalen Übungen
    - ☐ läuft klaglos und fließend mit motivierten Leuten in- und außerhalb
    - ☐ geht schleppend und gegen alle möglichen Widerstände und Einwände
    - ☐ wird permanent von geistigem Tiefflug und Opposition aus Prinzip behindert

14. Euer Ex-Chef befindet sich in folgender Stimmungslage
    - ☐ zufrieden wie ein Kater beim Kachelofen
    - ☐ „on'gnascht“
    - ☐ gebt mir um Gottes Willen kein Messer!

Na, Test erfolgreich bestanden? Ich gratuliere!

Was gibt es sonst im Osten Neues? Zum Beispiel wird mir endlich gelingen, was mir fünfzehn Jahre lang nicht gelungen ist – Anfang Oktober eine Woche evangelisches wehr-ethisches Seminar am Iselsberg mitzumachen! Das ist gewiss die ideale geistige Vorbereitung auf den unmittelbar am

Wochenende folgenden Graz-Marathon, von dem aus ich mich ohne größere Umwege zu einer Dienstreise in die Ukraine begebe, um dem dortigen Generalstab die tiefere Bedeutung einer multinationalen Stabsübung zu erklären, die die Tschechen angelegt haben.

„Go international“, denn gleich darauf darf ich nach Polen reisen, um an selbiger Übung weiterzuarbeiten. Zwischendurch gibt's wahrscheinlich ein wenig NATO-Schule in Oberammergau, zum Auflockern, gewissermaßen.

Bis auf weiteres verbleibe ich, während Ihr alle frohgemut den territorialen Stärkungen entgegenblicken dürft, Euer

völlig neue Wohngefühle genießender Gruftinsasse.

Brigadier Gunther Spath
nunmehr Referatsleiter der Abteilung für Militärstrategie
ohne Änderung der Aufgaben

Wien, derzeit ganz besonders amtlich

Briefe aus dem Exil

AUSGABE 13

Sehr geehrter Betroffener (des auch mit der Heeresgliederung Neu-STRAN anscheinend weiterhin nicht existenten) integrierten Sanitätsdienstes!

Wie dem Briefkopf zu entnehmen ist, hat das Bundesministerium für Langsamverzweiflung (Urheberrechte für diese Bezeichnung liegen bei einem bekannten Öffentlichkeitsarbeiter) mittels einer neuen Geschäftsordnung wieder einen gewaltigen Umorganisationsschritt gesetzt, der, bei genauer Durchsicht der Akten, überraschenderweise eher zu Lasten der uniformtragenden Zunft und zugunsten der zivilen (vor allem juristischen) Amtsinhaber ausgefallen ist. Da wir uns in Österreich befinden, daher ungeachtet beschriebenen Papiers handelnde Personen gleich und Budgetmittel unverändert (= bald auch zum Sterben zu wenig!) bleiben, kann es sich nur um einen typisch alpenländischen Schritt zu mehr Schlagkraft und Effizienz handeln, getreu dem Motto „Wenn wir sonst nichts tun können, ändern wir was!"

Heute aber wollen wir mit Hilfe dieses Briefes etwas lernen und zwar über

– Hierarchie,

– Organisations- und Dislokationsänderungen und

– Interventionen.

Wir werden dabei am Ende tiefschürfende Erkenntnisse hinsichtlich der ausschließlich sachlichen Beweggründe der Aufbau- und Ablauforganisation und der Bearbeitung kanzleiordnungsmäßig perfekter Angelegenheiten in einem Bundesministerium gewinnen. Um mich selbst vor allfälligen Verfolgungen zu schützen, betone ich voraus, dass es sich bei den dargestellten Personen, Einrichtungen und Handlungen selbstverständlich um reine Fiktion handelt und dergleichen in einer österreichischen Zentralstelle, insbesondere der für landesverteidigliche Angelegenheiten zuständigen, niemals geschehen könnte, wie wir hoffentlich alle wissen. Also – lauschet den Worten der Legende oder vielmehr – leset sie:

Und es begab sich zu jener Zeit am Ende des 2. Jahrtausends, als von staatswegen alle angehalten, kleinere Brötchen zu backen und geheißen, enger zu schnallen die Gürtel und froh zu sein, zu haben einen Arbeitsplatz und darum zu halten das Maul und zu entsprechen den weisen Ratschlüssen der Obrigkeit ohne garstigen Widerspruch und sonstige Fisimatenten.

Doch oh Wunder: Einem militärischen Schuldirektor, wohl zum Behufe eines milden Ausgleichs, hatte er doch den Unbill einer Umsiedlung von einer Ecke des Bundesdorfes ins andere zu ertragen, gestattete wohlwollend die Obrigkeit, ungeachtet des von allen Marktschreiern ausgerufenen Sparzwanges, nicht nur Erhaltung seines Obsorgebereiches, sondern sogar Zugewinn. Und erwachte daraufhin in dem so Erleuchteten die Begierde nach Teilen eines Amtes, gehörend dem Nachbarn. Und erhob sich dort Aufruhr, sintemalen dies Amt ohnehin schon von Schrumpfung und Zusammenlegung rundum bedroht.

Und begannen zu mahlen die Mühlen der hochministeriellen Bürokratie und frug der Gottsöberste um Information zur Sache den Unteröbersten, welcher war die uni(n)formierte Spitze aller Soldaten. Und gab dieser die Sache mit weisem Ratschluss weiter an einen Gruppenleiter, geheißen „den Zuständigen“ und sandte dieser weiter an ebensolchen Abteilungsleiter und ordnete dieser die Bearbeitung durch ein Referat an und bestimmte dessen Leiter einen in Ehren ergrauten Referenten, sich der Sache mit altösterreichischer Beamtenpräzision anzunehmen und ohne Ansehen von Person noch Sache einen verwaltiglich tadel- und makellosen Akt aufs streng verrechenbare Papier zu bringen, nach bestem Wissen und Gewissen, kurz, ein bürokratisches Meisterstück: dem Referat zur Ehre, den Vorgesetzten zur Freude.

Und verfasste dieser Referent, unter gewaltigem Einsatz von Fax, e-mail und Telefon und persönlicher Vorsprache bei manch Kundigem einen Entwurf, und legte ihn vor mit den Worten, auf dies gediegene Werk nicht wenig stolz zu sein.

Doch siehe, ihm wurde Entsetzen: Missachtet und zurückgeschmissen wurde die Frucht so vieler Stunden und mit rüden Worten „nochmals“ gefordert und wurden ihm erhellende Aspekte genannt, derer er nicht oder viel zu wenig bedacht. Und verfasste der treue Diener also gleich eine zweite Fassung und legte sie am bekannt schnellen und den Zauber der Tradition verströmenden österreichischen Dienstweg vor. Und passierte das Schriftstück den Referatsleiter mit gnädiger Abzeichnung und erreichte die Abteilung – und ward erneut und unter lautem Hinweis auf bisher verschwendete Zeit und mit Worten wie „Tempo jetzt, aber diesmal ordentlich!“ zurückgewiesen zur neuerlichen Formulierung.

Und begab sich, mit leichtem Ingrimm und im Stillen seiner Vorgesetzten auf das schröcklichste fluchend, wiederum an den Schreibtisch der Ergraute und hub an zu denken und zu telefonieren und zu faxen und schritt sodann zu des Computers Bändigerin, auf dass sie verfasse die dritte Version in gefälliger Form gemäß den unbegreiflichen Wünschen der Leitenden. Und ward fertig das Geschreibsel spät des Abends und knallte der Verfasser es auf den Schreibtisch des Referatsleiters und entschwand in einen schon lange angemeldeten Kurzurlaub, diesmal jedoch der zu solchem Ereignis üblichen Vorfreude in erstaunlichem Ausmaße ermangelnd.

Und fand es der Referatsleiter gut am nächsten Morgen und auch der Abteilungsleiter und legte die Kanzlei es vor dem Gruppenleiter und ... kam es postwendend zurück ob der in der Suppe gefundenen Haare. Schien doch zu fehlen die Meinung wichtiger Stelle, wenngleich diese dem Leiter der „Nachbargrube" gehörte, welch Hindernis er jedoch mit quergeschriebenem Fax, zum Entsetzen aller der ministerialkanzleiordentlichen Vorgangsweise Verpflichteten, überwand. Und wurde ihm postwendend auf selbem Wege Antwort derart, dass dieser Text so nicht vorlegbar und die Sachlage anders und wie schon dem Akt xy aus dem Jahre Schnee zu entnehmen ...

Und bekam der Referatsleiter rote Flecken im Gesicht, als ihm brachte die Postmademoiselle den inkriminierten Schrieb nächster Stund und war dieser reichlich bedeckt mit handschriftlichem Gekritzel und vermeinte er zwischen den Zeilen zu lesen Spott und Hohn, dieweil die Maid der ordentlichen Geschäftsbücher ihm eröffnete, der Gruppenleiter harre der nächsten Fassung, aber schon „dalli, dalli!" und in vollendeter Form, selbstredend.

Und stürzte sich der so Beauftragte ins Gewirr der ärarischen und postalischen Leitungen und telefonierte und faxte alles an, was seinen Senf noch nicht gegeben zur Sache oder schon beigetragen, aber inzwischen dreimal geändert die Meinung, wie das üblich in Austurakien. Und wurde er im Laufe dieser

Tätigkeit immer wütender und hub an, mit Kameraden, zwar selben Alters, doch höher an Funktion, zu reden fernmündlicher Weis auf laute, unziemliche Art, dergleichen man nicht gewohnt seinerseits, und spuckte und fauchte und schrieb und wurde fertig und hatte den Text vor sich liegen, als ihn ereilte noch ein letzter Anruf – und war am anderen Ende des Schwingungsübertragungsspagats jener, zuvor vom Gruppenleiter quer angefaxte Abteilungsleiter und zog er seine erste Aussage zurück und sagte, dass auf Grund des Wissens, jetzt erfahren, das Referat mit seiner Meinung von Anfang an im Recht und täte ihm leid ... und erfuhr er die Antwort des Referatsleiters nicht, was gut getan, zu vermeiden manch hübsches Prozesslein ehrenbeleidigenderweis.

Und ließ dieser fahren die vierte Version zur Hölle am Wege des großen Schnitzlers, disloziert in jedem Stockwerk ministerieller Baulichkeit, unmittelbar neben dem kopierenden Kasten, vor welchem das druckende Maschinenwerk, welch hohe symbolische Bedeutung dergleichen Trialismus wieder einmal zu würdigen war.

Und entstand, mit zitternden Fingern und lautem die Abteilungsmitglieder am Gang und in Nachbarkanzleien in die Flucht schlagendem Hersagen schlimmer Wörter, die Fünfte der Fassungen, welche bis auf schäbige Details glich der allerersten in frappierender Weise. Und legte er persönlich, unter Ausstoßen wilder Drohungen, das Elaborat vor – und begab sich das Wunder, dass es ohne Korrektur durchlief die Abteilung und die Gruppe und landete am Tisch des Unteröbersten. Und – größeres der Wunder! – ließ dieser es laufen unter Hinzusetzung von Datum und Unterschrift mit zwei unbedeutenden sprachlichen Änderungen weiter an den Gottsöbersten.

Nun ward in diesem Schreiben zurückgewiesen mit viel akribisch erhobenen sachlichen Fakten das Ansinnen des Schuldirektors und wurde vorgeschlagen, einen Riegel vorzuschieben seinen Begehrlichkeiten. Und kehrte wieder Ruhe, Frieden und Eintracht ein in Gruppe, Abteilung und Referat in den oberen Stockwerken des gräuslichen Baues, darin sie hausten, doch oh weh, oh weh, nur für kurze Zeit.

Denn, kaum vom sorglich familiärem Wohlergehen gewidmeten Wochenende zurückgekehrt, thronend am Kanzleisessel, erreichten am Umweg über den ebenfalls vom Urlaub wieder eingerückten Referenten, gar grobe Töne das Ohr des Referatsleiters. Und erhob dies hässliche Geschrei jener Leiter des Amtes, dem genommen werden sollte, was kaum zu verstehen, war doch das fünfmal wiedergekäute Papier zum guten Ende ganz in seinem Sinne abgefasst und doch vom Unteröbersten gefertigt!

Da schnaubte es aus dem Hörer, man werde gleich beweisiglich tätig werden und zeigen, was der Unteröberste dem Gottsöbersten wirklich zur Darnachhandlung vorgeschlagen und piepste schon das Schreibtelefon und quoll hervor eine Stellungnahme, von den beiden Empfängern gelesen, zunehmend sich weitenden Auges und herabhängender Kinnlade.

Stand doch da schwarz auf weiß das Gegenteil dessen, was sie so oft korrigiert und – Wunder aller Wunder – waren aber darauf Datum und Unterschriftenformel des Unteröbersten exakt gleich wie bei dem besagten von ihnen vorgelegten Text! Und klappten die Kinnladen ganz nach unten und sahen sich an Referatsleiter und Referent wie die lieben, ein bisschen blöden Schäfchen auf der Weide und suchten zu erklären das Unerklärbare. Und gingen hin und heischten Auskunft bei Abteilung und Gruppe und war auch dort großes Erstaunen und Rätseln und konnte man den Unteröbersten nicht fragen, weil er weilte, wo er zumeist aufhaltig, nämlich auf Auslandsdienstreise.

Aber bohrten die Neugierigen weiter und fanden einen Uralten mit weißem Bart[33] aus fernen, sagenhaften Landen, der ihnen eine Geschichte erzählte, eine Geschichte von einem großen Feste der Wohltätigkeit, dereinst gegeben vom Schuldirektor, wo aller Gewinn ward edlen Zwecken der Humanität zugeführt, speziell einem bestimmten Verein. Und war die Chefin dieser edlen Vereinigung zufällig die Frau des Gottsöbersten. Und hatte dies alles aber gar nichts mit irgendwelchen dienstlichen Vorgängen, mit Briefen oder ad hoc-Änderungen von Stellungnahmen zu tun, wie jeder ohne Schwierigkeiten feststellen kann.

Und wer das nicht glaubt, wird vielleicht nicht selig, wahrscheinlich aber gescheit!

Ich meine, meine Wiener Alltagsbeobachtungen verschiebe ich auf die nächste Ausgabe, der obige Text dürfte vorläufig reichen!

Es grüßt alle Kameraden

und speziell die von der STRAN-Gestressten

Euer erleuchteter Wiener Vorposten.

---

[33] Hier wird es wirklich märchenartig, aber wie soll ich sonst, ohne mir Klagen einzuhandeln?

Brigadier Gunther Spath
Den ultimativen Tag in einer Großstadt erlebet habend

Wien, im Verkehrsrausch

Briefe aus dem Exil

Ibergetitelt: AUSGABE 14
„Die greßte Stau wos sich hot je gegeben in schene Hauptstadt von schene Austurakien"

Lieber, großstadtferner, ahnungsloser Provinzbewohner!

Eigentlich hätte ich ausreichend Stoff, um über eine Vielzahl dienstlicher, halbdienstlicher und privater Beobachtungen zu berichten, aber die Verkehrsereignisse (Straßen – natürlich, nicht was Du schon wieder denkst!) des denkwürdigen Tages vor knapp drei Wochen, dieses 5. November 1998, verlangen ganz einfach nach einer umfassenden, speziellen Würdigung der unvergleichlichen Abläufe.

Der Tag beginnt wie hunderte zuvor: Die diversen „schnellsten Verkehrsfunks Wiens" – mindestens acht, von „Öd 3" (bei dem sich laut öffentlicher Äußerung eines Medienfachmannes regelmäßig die größten Teppen jedes Maturajahrganges sammeln) bis zum Neuigkeiten-Ableger („nicht recherchierter Schwachsinn nicht nur zu lesen, sondern auch zu hören"), drehen das übliche Morgentonband auf, denn dreihundert Mal im Jahr einen Sprecher sagen zu lassen „Stau auf der Südosttangente vom Verteilerkreis Favoriten in jede beliebige Himmelsrichtung", ist ja wirklich unzumutbar.

Nun, an diesem schönen Morgen wird die Sache bald ergänzt „durch einen Lkw-Unfall ..." Na, auch schon was, täglich viermal irgendwo und natürlich sind die Fahrspuren blockiert und – halt, noch eine Ergänzung? „Es handelt sich um einen Tankwagen ...“ Schon weniger alltäglich, wird anscheinend ernstlich unangenehm. Und schließlich, nach Stunden: „Tankwagen mit 30.000 Litern hochexplosiver Chemikalien ...“ Na servas, sagt da „da Weana“ – außer dem, der im Auto auf besagter Tangente sitzt, der sagt schon längst gar nichts mehr, denn er erfährt dies aus dem „schnellsten Verkehrsfunk“ mit jener charmanten Zwei-bis-drei-Stunden Verspätung, die er inzwischen Übung im „Autostehen“ erworben hat.

Zur Illustration des Tempos der nicht nur mit Hubschraubern, sondern auch angeblich hunderten freiwilligen „Staureportern“ ausgestatteten Wellenreiter: Als man vormittags nirgends mehr auch nur auf die Tangente auffahren kann, melden sie noch immer lokale Stauungen. Als sich längst auch auf Ostautobahn und Simmeringer Hauptstraße resignatives Schweigen über endlose Blechschlangen legt, deren menschlicher Inhalt zur Kenntnis nimmt, dass das Mittagessen wahrscheinlich heute ausfällt, entschließt man sich, zumindest den Zusammenbruch auf der Tangente zuzugeben. Und als ich, schon im Dunkeln, zwölf Stunden nach Beginn des Dramas, das Wunderamtsgebäude verlasse, spricht das Radio von Verkehrszusammenbrüchen „im Osten Wiens“. Vor meinen Augen stehen Autos rund um Ring und Kai – das ist nun ganz gewiss nicht der Osten, sondern Wiens Zentrum! Es kommt aber noch toller: Kein Sender wagt es, zuzugeben, dass die verzweifelten Ritter vom steckenden Gaspedal zu immer weiteren Umfassungen ausholen und schließlich sogar meinen geliebten, quer zum Hauptstrom fahrenden 13-A-Bus am Grünen Berg blockieren – der ja nun tatsächlich am anderen Ende des Bundesdorfes liegt.

Jetzt aber zu den liebenswerten kleinen Details am Rande dieser mittleren Katastrophe, die circa zwanzig Prozent (!) der werktätigen Massen mit Arbeitsplatz im Wiener Stadtbereich an diesem Tag hinderte, ihrem Schaffensdrang zu frönen. Da wäre natürlich am Rande der Geschehnisse eine philosophische Betrachtung darüber anzustellen, wie wesentlich der Beitrag der einzelnen menschlichen Ameise zum Wertschöpfungsprozess der Wirtschaft, Verwaltung etc. tatsächlich ist – denn meines Wissens hat der Ausfall eines guten Fünftels der vorgeblich Unverzichtbaren auch nicht zu mehr Konkursen oder zum Zusammenbruch des öffentlichen Lebens (wenn man vom Autofahren als solches absieht) geführt. Zum Teil sind nachstehende Szenen Eigenerlebnis, zum Teil in den Folgetagen von Stauopfern erzählt:

In den Kolonnen entwickelt sich das Geschehen phasenweise:

Phase I ist der uns allen geläufige „Autofahrerreflex“, auch „furor idioticus benzinus“ genannt, der sich in verschiedenen eindeutigen Gesten sowie Äußerungen über „gscherte Offn, de daham bleibn derfn, de kropfatn Kolbntreiba, de eh nua umanandafohrn zwegn da Hetz und de Leit, de wos gscheits zum Orbeitn ham, aufhaltn, die Nebelkrahn, de teppatn!“ Denn einem ungeschriebenen Gesetz nach ist zunächst einmal der unmittelbar vor einem Stauende a) schuld, b) ein Kretin, c) eine, genau besehen, auf dieser Erde völlig verzichtbare Existenz.

Es folgt **Phase II**, die Resignation, auch „depressio danubiensis“ genannt: Es „is eigentlich eh olls wurscht, de Oaschlecha von Planer, de de Stroßn so bled baun, solln se amol do außaschleichn, damits segn, wos fir an Kas do zsamdraht ham. Heit ist vurbei mit da Hakn – geh, schiab ma's Handy uma, dos i eam oruaf, den Haberer, dos er net wort.“ Man versinkt in Schweigen, der Blick wandert starr ins Nichts, in der Kolonne hören die letzten zu hupen auf.

Phase III, auch „tempora sanguinica“, ist die erstaunlichste: Sie beweist, dass Autos, wenn sie erst einmal lange genug stehen, ein Mittel gegen die in unserer modernen Welt gefährlich um sich greifende Vereinsamung des Individuums inmitten von Menschenmassen darstellen. Auf der Tangente und daneben bilden sich Gesprächsgruppen, Kartenrunden, Weinverkostungen (!) (kein Witz!), Spontanflohmärkte und improvisierte Gymnastikkurse. „Muss ihr Kleiner nicht auch pinkeln?“ „Homs zuafällg wos zum Lesn dabei?“ „Heast, da Glotzate do vurn hot a Flimmaschissel in Wogn, gemma schaugn, ob ma uns segn!“

Ein um die Mittagszeit bei mir zur Besprechung angesagter Oberstmilizionär trifft zu dieser ein, wenn auch mit mehr als einer Stunde Verzögerung – er hat der beifahrenden Gemahlin des vor ihm Stauenden seinen Schlüssel in die Hand gedrückt mit dem Auftrag, sollte sich irgendetwas bewegen, nachzurücken. Nur der Vollständigkeit halber: Drei Stunden später war er wieder draußen und das Auto stand, wie einige tausend andere, noch immer am selben Fleck!

Phase IV schließlich kehrt, je nach Temperament, mit zunehmender Kälte und heraufdräuender Dunkelheit entweder zu II zurück oder entwickelt sich zur „aggressio circumstanzia“. In derartiger Gemütsverfassung ist der Wiener etwa so berechenbar wie ein angeschossener Kaffernbüffel. Vor einigen Jahren hat ein Offizier des ehrenwerten Milizstandes übrigens, auf einer Donaubrücke seiner Meinung nach über Gebühr aufgehalten, den selbsterwählten Verursacher des automobilen Stillstandes, einfachheitshalber also den ahnungslosen Mitstauer auf der Nebenspur, mit einer geladenen Pistole bedroht und sich dann selbst durch die linke Hand geschossen, was nicht unbedingt ein Argument für die Freisinnigkeit des Waffenbesitzes darstellt. Aber es erklärt vielleicht, warum sich unter Mitwirkung von Ablegern eines Milizvereines eine oberösterreichische Interessensgemeinschaft „Jedem sein Schießeisen!“ (so heißen die natürlich nicht wirklich, aber dieser Vereinsname illustriert ihre ehrenhaften Bemühungen so schön, finde ich) gar so für die Waffe in jedem Heim werbemäßig ins Zeug haut, denn der Erfolg liegt immerhin schon buchstäblich auf, oder sollte man, siehe oben, besser sagen, in der Hand.

Nach einer ausgiebigen Stau-Sight-Seeing-Tour wendet sich der provinziale Pendler, im stolzen, schon immer den Bundesdorfianern gegenüber geäußerten Bewusstsein des Vorteiles von öMVkM, diezumals vor allem des im allgemeinen straßenfernen Lochwurms (denn die Bim ist inzwischen „mitgefangen, mitgehangen" auch zum Stillstand gekommen), dem nächstbesten Einstieg in die Unterwelt zu. Selten so voll gewesen die Bahnsteige der U3! Am Westbahnhof in die U6 umsteigen, den Stau auf Gürtel und Wienzeile von der alten Stadtbahntrasse aus bewundern, was gibt es Schöneres – doch was soll dieses Lautsprechergequäke? „Die Züge verkehren derzeit, wegen Erkrankung eines Fahrgastes, unregelmäßig." Stimme eines offenbar langjährig erfahrenen Benutzers der unterirdischen Vehikel: „Und des ausgrechnet heit bei den Mördastau draußen – konn sie der Trottel net an on ondern Tog osaftln?"

Habe ich übrigens schon von der netten U-Bahnfahrt mit der Drogenleiche erzählt, derer ich gottlob erst beim Aussteigen bewusst ansichtig wurde, die sich aber mit hoher Wahrscheinlichkeit erst während der Fahrt zwischen Schwedenplatz und Meidling zu einer solchen entwickelte?

Genug gescherzt, gehen wir zum aktuellen Stand der Dinge:

Inzwischen hat es in Wien wieder geschneit, eine in Zentimetern kaum darstellbare Menge. Treue Leser werden sich an die Vorjahrsschilderungen aus gleichem Anlass erinnern und möglicherweise wissen wollen, was sich geändert hat.

Nun, vor dem ersten Schneefall, den die oben erwähnten Radiosender mindestens eine Woche voraus gebetsmühlenartig in ihren Wetternachrichten prophezeien, Winterreifen aufzuziehen, gilt in Wiener Kreisen nach wie vor als „Feigheit vor dem Feind“ und desavouiert den Täter gesellschaftlich komplett. Er wird, bis die erste Flocke erscheint, als Aussätziger, Abnormaler, geistig vermutlich schwer labile, raschest nach Steinhof[34] einzuliefernde Restexistenz behandelt. Daher bleibt es ihm auch verwehrt, ab dem Eintritt des jeden Winter aufs Neue überraschenden und eigentlich nicht wirklich zu erwartenden Ereignisses des Schneefalles, am beliebten Gesellschaftsspiel „Rot-brems-schlitter-kracks-steh“ teilzunehmen.

Wie Trophäen zeigen ein gutes Drittel der hierzulande zu sehenden Blechkarossen ihre Beulen und täglich werden es mehr. Sie ausbessern zu lassen bedeutet Statusverlust und findet daher nicht statt.

Der Brief sollte nicht enden, ohne zumindest eine dienstliche Erkenntnis zum Besten zu geben. Eigentlich wäre ja der Ablauf dieser Wochen schon eine Erkenntnis für sich: Organisation und Durchführung des Arbeitsausschusses Militärische Landesverteidigung am 12. November, eine Woche später Seminar für W1-Beamte der Sicherheitsakademie des Innenministeriums, nahtlos anschließend WEU[35]-Stabsübung mit 28 Ländern mit Ende am 27., am 29. (Sonntag!) früh abheben nach Warschau zur Planungskonferenz für die nächste 7-Länder-Übung der Partnerschaft für den Frieden, Mittwoch Vormittag landen, Mittwoch Nachmittag abheben nach Brüssel, Einweisung in das neue Krisenmanagement-Zentrum der

[34] Eines der bekanntesten Zentren für seelische Gesundheit. Muss ich wirklich mitteilen, dass die Begriffsbezeichnung durch die Einheimischen etwas deftiger ausfällt?

[35] Abkürzung für „Westeuropäische Union“, ein Sicherheitsbündnis der westeuropäischen Staaten, das nie mit konkreten Mitteln befüllt wurde, jedoch dank vieler Konferenzen und Akte die Beschäftigung zahlreicher Euro-Bürokraten sicherte, inzwischen aber von der EU aufgesogen wurde.

NATO, Donnerstag Abend Wien. Und dann warten bis Weihnachten noch drei interministerielle „Evaluierungsbesprechungen“, Simulatoreinweisungen, die neue EDV (ohne Einschulung, kopfüber ins Vergnügen der 8.0-Versionen von Word & Co.), fünf unglaublich wichtige Weihnachtsfeiern und irgendwann hoffentlich der Nervenzusammenbruch, der es ermöglicht, dem allen zu entkommen. Fragen, wann ich eigentlich die Arbeit erledige, für die ich angeblich eine Planstelle binde, beantworte ich schlicht nicht mehr!

Für alle Fälle jetzt schon ein frohes Fest, was weiß ich, ob ich vorher noch zum Schreiben komme, es grüßt alle Kameraden und die es noch werden wollen

Euer vorweihnachtlich gestresster Exilant.

Brigadier Gunther Spath
Nach neuem Posten in der Grünen Mark strebend,
in Wien noch immer keine Verwandten gefunden habend

Wien mit Schwanengesang

Briefe aus dem Exil

(Möglicherweise der letzte seiner Art von den Ufern von Donau und Kanal) AUSGABE 15

Werter Herr der Spritzen und Pillen!

Nach mehrmonatigem, durch verschiedene widrige Umstände einschließlich einer familienweiten Grippeepidemie, Einführung der unausgeglichenen 80-Stunden-Woche mit rapidem Verlust des Humorkoeffizienten und ähnlichen Nettigkeiten melde ich mich endlich wieder aus dem fernen Bundesdorf. Ich habe ja Zeit, vor allem zwischen Mitternacht und Null Uhr, weil ich derzeit nur an fünf Projekten mittlerer Größe und zum Drüberstreuen an der Reallage Kosovohilfe in meiner Eigenschaft als Abgesandter im Staatlichen Krisenmanagement und damit auch als Verbindungsorgan zu allen mitwirkenden NGOs[36] wirke, vom Roten Kreuz und Caritas bis zu diversen, im normalen Tagesgeschäft nicht vorkom-

[36] „Non governmental organisations" (NGO), also nichtstaatliche Organisationen geben sich verschiedenen humanitären, medizinischen, sozialen, naturschützerischen oder auch mehreren ähnlichen Aufgaben hin. Das reicht von militärähnlich straff organisierten Unternehmen bis zu geradezu rührend naiven und vom Glauben an das unabänderlich Gute in den Menschen beseelten Vereinen, die sich lieber von örtlichen Räuberbanden massakrieren lassen, als mit irgend einer Form von Militär zusammenzuarbeiten.

menden Vereinen des Mottos „je kleiner, desto bedürftiger der Geltung“. Während sich die großen Hilfs- und Rettungsorganisationen als durchaus erfahren, verständig, kooperativ und auch kundig in Abläufen eines brauchbaren Führungsverfahrens erweisen, ist das bei einigen Mini-Initiativen oder auch größeren, sich interessanterweise als Speerspitzen des Antimilitärischen verstehenden, nicht ganz so einfach. Da kommt es schon zu „Missverständnissen“ – nennen wir das einmal so.

Ein ganz besonderes Erlebnis hatte ich allerdings, durchaus unerwarteterweise, mit dem Koordinator einer der größten österreichischen Spendengeld-Auftreibeunternehmen („LiD“, wird nicht so schwer zu entschlüsseln sein?). Der Herr zeichnet sich durch atemberaubende Präpotenz einerseits und Unduldsamkeit andererseits aus. Ich will gar nicht auf Details eingehen, aber er bescherte mir durch eine sachlich völlig falsche, dafür mit Vehemenz vorgebrachte Unterstellung hinsichtlich meines Einsatzes für die Albanienhilfe eine Unterredung höheren Ortes in unserem Ministerialbunker – und das werde ich ihm nicht vergessen. LiD bekommt von mir privat nie wieder auch nur einen Groschen und ich werde diese Empfehlung auch gerne weitergeben!

Aber es gibt natürlich auch weniger Ernstes, zum Teil hängt es mit den unterschiedlichen Vorstellungen über die Art von Hilfe in einem Lager voller geflüchteter Kosovaren im Norden Albaniens zusammen, andererseits schlicht mit blauäugigen Vorstellungen von Sitten, Gebräuchen und Lebensumständen im Land der Skipetaren, anbei drei Beispiele:

Der Hauptträger unserer Logistik ist eine sehr große ukrainische Transportmaschine aus dem Bestand der ehemaligen sowjetischen Luftwaffe, nun privat und von den beiden Besitzern durchaus mit nahezu räuberischen Gewinnvorstellungen betrieben. Es gibt daher einen gewissen Spannungszustand zwischen den Prioritätenvorstellungen des Versorgungsführenden unseres Kommandos für internationale Einsätze und jenen der erwähnten NGOs, vor allem der eher kleineren, die, leicht überspitzt formuliert, erwarten, dass ihre ersten drei gesammelten löchrigen Decken zuallererst in die Gegend Adria Mitte, Ostküste, verbracht werden.

Dann tauchte da bei einer Sitzung des inzwischen fast 40-köpfigen Koordinationsgremiums (und ich bin der einzige Soldat, Hilfe!) eine Ärztin auf, die nicht nur einen Notarztwagen und eine Notfallskrankenschwester aufgetrieben hatte, sondern auch der Meinung war, mit diesem Team wertvolle Dienste als eine Art „fliegende Ambulanz“ in Nordalbanien leisten zu können. Wir müssten sie nur hinunterfliegen, ab Tirana würde sie sich dann selbstständig bewegen und ihre Arbeit suchen. Den Gesichtsausdruck aller halbwegs Land- und Leute-Kundigen am großen Konferenztisch des Bundeskanzleramtes nach Hören dieser ebenso mutigen wie von völliger Ahnungslosigkeit geprägten Ansage hätte man unbedingt für die Nachwelt festhalten müssen, leider hatte keiner eine Kamera zur Hand! Der Vertreter des Ministeriums für Innerliches wagte dann doch die zarte Anfrage, wie lange in Distanz oder Zeit gemessen die Dame glaube, nach dem Verlassen des Flughafens von Tirana nicht bloß einfach unbehelligt zu bleiben, sondern im Besitz vom Auto, dessen Inhalt sowie möglicherweise noch intimeren Eigentums zu sein?

Das dritte Beispiel, Verehrtester, kommt aus deinem unmittelbaren Nahbereich: Hochwürden, der augurus primus militaris carinthiae, sah Bilder trauriger kosovarischer Kinder im Fernsehen und organisierte die Aktion „Schmusetiere“. In der Soldatenkirche stapelten sich alsbald tausende Teddys, Putzis, Elkis, Minkis, Wuffis und wie die geplüschten Nachahmungen wehrloser Naturbewohner sonst heißen mögen. Blieb nur die Frage des Transportes, die man – no, na! – vertrauensvoll in meine Hände legte. Die erste aus dem Telefonhörer ertönende röchelnde Reaktion des beim schon erwähnten Kommando für Internationale Einsätze für Lufttransporte Verantwortlichen ließ auf unmittelbar bevorstehenden Herzinfarkt schließen, die zweite war ein einigermaßen phonstarker Tobsuchtsanfall. Bevor der Offizierskamerad beschließen konnte, durch die Leitung in mein Büro einzudringen und Amok zu laufen, beendete ich das Gespräch unelegant und rief gleich seinen Vorgesetzten an. Um das Ganze abzukürzen: Teddy und Co. flogen zur baldigen Freude hunderter Kinder nach Albanien, denn wie sich herausstellte, waren sie das ideale Auffüllmaterial zwischen den eckig gestalteten sonstigen Gütern wie Kisten und Paletten.

Aber nun weiter zur bevorstehenden dienstlichen Veränderung: Besonders schwer fällt mir, wie Ihr mir alle sicher glauben werdet, mein momentan übrigens nur am Rande militärisch zu nennendes Tun infolge des drohend bevorstehenden Abschiedsschmerzes aus der „leaben Weanastodt", der mich täglich mehr ergreift, je näher der Wechsel in die Gefilde der grünen Mark rückt. Wie wohltuend war es doch, den Problemen der Welt jenseits des Semmering entrückt zu sein! Aber schweren Herzens werde ich mich wieder umgewöhnen, zum Beispiel daran, nicht mehr mit gespitzter, der Winkelzüge wohl kundiger Feder darzulegen wortreich und nichtssagend, was jemand können / wollen / sollte / dürfte / müsste ersucht zu werden hätte gebetenerweise und höflichst und untertänigst und kriechend und dabei Gedanken des 3. Aktes, 3. Szene, Götz von B. in Gedanken wälzend, sondern hinzuschreiben, man befehle, dass geschehe, was geplant und überlegt werde – eine schwere Last und Los fürwahr!

Auch weiß ich jetzt schon, wie sehr ich es vermissen werde, nicht mehr tagtäglich knietief durch den von nächtlichen Gestalten in der Halle zur Umsteigherrlichkeit zu Wiens Mitte hinterlassenen Müll zu waten oder des den ganzen Tag so wunderbar einleitenden Anblickes fröhlicher Gesichter in den diversen öMVkM so gegen sechs Uhr morgens plötzlich zu entbehren.

Auch werde ich ganz bestimmt die reizvollen Stunden des Wartens auf das wohlwollende Erscheinen des am Seile auf- und abpendelnden Apparates im Wunderwerk der Baukunst, genannt Bundes-Ameisen-Gefängnis 3 fürchterlich vermissen, ergab sich doch Gelegenheit zu manch netter Bekanntschaft mit den bekannt kommunikationsfreudigen Hauptstadtbewohnern (mit manchen bin ich zwei Jahre fast täglich im Lift zusammengeraten, ohne auch nur die Andeutung einer verbalen Äußerung festzustellen, es sei denn, man nimmt „hmgrmpf" als Antwort auf „Guten Morgen" kühnerweise als moderne Grußform an). Es müsste sich einmal jemand die Mühe machen, den Arbeitszeitdiebstahl durch diesen Doppelaufzug konkret festzuhalten – es käme vermutlich Unglaubliches zu Tage. Auf irgendeinem Grabstein eines lange dienenden Zentralstellensoldaten wird eines Tages stehen: „Er vertrocknete beim Warten auf den Lift in der Dampfschiffstraße 2, aufrecht und voller Zuversicht auf das Erscheinen des Ersehnten harrend."

Auf Grund einschlägiger Geschichten, die bei einer Erzählrunde anlässlich der letzten Kaffeepause im Bundeskanzleramte die Runde machten, ist mir aufgefallen, dass ich Dir und den Kameraden bisher die Stürme der Begeisterung verschwiegen habe, die das Sprechtheater Nr. 1 des deutschen Sprachraumes, das Wiener Burgtheater, unter seiner jetzigen Leitung hervorzurufen vermag:

Meinem Schwager gelang es tatsächlich, Karten für wochenlang ausverkaufte Vorstellungen zu ergattern und er verehrte sie meiner gerade auf Kurzbesuch an den Donaustrand geeilten Ehefrau und mir. So begaben wir uns in gebotener Ehrfurcht und feierlich gewandet, wie aus früheren Zeiten von zahlreichen Besuchen gewohnt, in die heiligen Hallen. Die erste Kleinigkeit, die wir entdeckten, war, dass man heute in jeder beliebigen Adjustierung bis zur gezielt zerrissenen Jeans ins Theater geht. Na ja, wir sind halt nicht ganz auf der Höhe des Zeitgeistes.

Man gab Peter Handkes „Spiel vom Fragen", inszeniert von Claus Peymann, vorgesehener Zeitaufwand inklusive Pause ungefähr fünf Stunden, die wir, ich nehme es vorweg, nicht in Anspruch nahmen, denn: Bis zur Pause vergingen zwei Stunden, in denen auf einer schrägen, halbmondartig ausgeschnittenen Bühne (inzwischen weiß ich Banause, das dies das Nonplusultra der Gestaltung modernen Regietheaters ist!) wechselnde Gestalten (durch die Bank hervorragende Schauspieler, die bald einmal anfingen, einem leid zu tun) aus allen möglichen Richtungen auftraten, weitgehend sinnbefreite, zusammenhanglose Sätze von sich gaben und wieder abgingen. Höhepunkt und zugleich Pausenzeichen nach 120 Minuten: über den hinteren Rand der schrägen Sichel kriecht eine (männliche?) Gestalt und kotzt Richtung Zuschauer. Vorhang.

Zur Pause traf sich ein beträchtlicher Teil des Publikums auf ein Seidl oder Achterl im der Burg bekanntlich nahe gelegenem Café Landtmann und verließ dieses unverständlicherweise auch dann nicht, als die Nachricht, es ginge nun mit dem großartigen Theatererlebnis weiter, verkündet wurde – im Gegenteil. Es wurde von der Mehrzahl der glücklichen Theater- kartenbesitzer, anstelle sich in Marsch zu setzen, weiter Trink- und auch Essbares geordert, woraus zu schließen war, dass das unvergleichliche Kunsterlebnis wohl vor eher dünn besetzten Stuhlreihen Fortsetzung und Ende fand.

Da es sich bei diesem voraussichtlich um den letzten Brief aus der Metropole der realen Unwirklichkeiten handelt, ist es unbedingt erforderlich, eine schon länger zurückliegende Erfahrung nachzutragen, die sich sozusagen mit den letzten Dingen des Lebens befasst, in unserem Falle daher die Kurve zu eine der interessantesten Sehenswürdigkeiten „drausd in Simmering“ zu kratzen, sprich, dem Zentralfriedhof.

Wenn Du Dich, unbedarfter Wanderer aus fernen Landen und nur kundig der dortigen Grabfeldergebräuche, dem riesigen Areal der Wiener Verblichenensammlung näherst, vorzugsweise unter Benutzung des „71ers“, also der solcherart nummerierten Bim, so erwarte das Ungewöhnliche.

Zunächst wird Dein staunendes Auge, sobald Du den Tramwagen in Gesellschaft vermutlich vieler demselben örtlichen Ziel Zustrebenden bei einem der so geheißenen Haupttore des Zentralfriedhofes verlässt, einer besonderen Zeremonie ansichtig werden. Ich habe sie, in Unkenntnis ihrer professionellen Bezeichnung, als „Tanz der Friedhofsspatzen“ bezeichnet und das ist schon recht plastisch.

Sobald eine größere Anzahl potentieller Kunden sich aus einem öMVkM ergießt, beginnen die, die Vielzahl an „Standeln“ unmittelbar neben dem Eingang an der Friedhofsmauer betreuenden, zumeist mittelalterlichen, in verschiedenste Varianten der Musterkollektion der Gartenschürzenhändler gewandeten Damen sich in einem, offensichtlich mit großem Fleiß einstudierten, rhythmischen Bewegungsablauf zu ergehen. Wichtigstes Requisit sind dabei Kränze oder Gebinde, die in fließenden, nicht zu raschen Bewegungen vor dem Körper auf und ab geschwungen werden, während dieser sich in irgendwo zwischen den Grundschritten von Walzer und Tango angesiedelten s-förmigen Bewegungen windet, allerdings großteils ohne Mitwirkung der unteren Extremitäten, dafür mit Strahloralpepsoblendix-Lachen im Gesicht. Zweck dieses Balletts ist der höchst profane Abschluss von Geschäften mit den Besuchern der Simmeringer Stätte der Ruhe. Ob der Grabblumenumsatz bei jenen Standlerinnen, die ihre Physis in besonders ausgeprägte Schwingungen versetzen, prozentuell tatsächlich signifikant besser ausfällt als bei anderen, konnte noch nicht mit Sicherheit eruiert werden.

Ein Friedhof, den man mit dem Auto befahren kann und in dem regelmäßig Treibjagden stattfinden, ist gewiss nichts Alltägliches. Tatsache ist aber zum Beispiel, dass das einschlägige Getier, in den Augen der einen allerliebste Rehlein, Häslein, Eichkätzchen und Vögelein, in denen anderer „teppate Saubiesta, dö da a jede Orbeit an da Gruabn hin mochn“, sich unter anderem damit verlustiert, sorgsam gehegte Grabbepflanzungen aussehensmäßig drastisch zu verändern, auf gut Deutsch: Die Fauna ist gefräßig und zerstörerisch.

Ja, und dann sind da noch einige wirklich hervorstechende, vorsichtig ausgedrückt, ungewöhnliche Grabmäler und Aufschriften, wobei die nackten Tatsachen, die Hrdlicka auf dem Grab seiner Frau aus Stein gemeißelt hat, eigentlich nicht beschreibbar sind. Hier kann man nur den Rat geben: Besuchen sie den Wiener Zentralfriedhof, sie werden staunen!

Mit diesen Bildern der letzten irdischen Dinge vor Augen sage ich also der Stadt der Zentralstellen vorläufig einmal „Lebewohl“, es grüßt Dich und die Kameraden Euer um 200 Kilometer näherrückender

zukünftiger Einsatzabteilungsleiter Ost-Südost-Österreich.

„Briefe aus dem Exil“

EIN NACHWORT

Irgendwann im Mai 2007 hat mein Briefwechsel mit dem Autor Gunther Spath begonnen. Da bekam ich eines Tages, mit vielen Entschuldigungen im Vorspann der angehängten Datei, einen „Brief aus dem Exil“ zugeschickt. Ich möge nicht erschrecken, es wäre der Text doch etwas ungehobelt und er schicke mir dies als Beispiel, was er unter anderem so schreibe, er wisse nicht genau, ob er mir diesen Brief zumuten könne...

Ich habe mich köstlich amüsiert beim Lesen dieses ersten realsatirischen Briefes und habe dem Autor zurückgeschrieben, ich fände, dass diese Briefe, falls es eine ganze Reihe von ihnen gäbe, veröffentlicht werden sollten.

Meiner Meinung nach schreibt da jemand in seiner eigenen, kraftvollen und originären Sprache. Es zieht sich subtiler, oft auch unverhüllter Zorn vom ersten bis zum letzten Brief als Untergrund durch die Texte, die Aggression gibt den Sätzen Kraft. Ein Zorn, den ich auf die Konfrontation eines Menschen, der militärische Kürze und Schnelligkeit in seiner Arbeit gewohnt war, zurückführe, in einer Zeit, in der er in Wien in diversen bundesministeriellen Positionen mit der Eigenart der umständlichen österreichischen Bürokratie konfrontiert war.

Diese Grundspannung spüre ich zwischen den Zeilen der in satirischer Übertreibung verfassten Briefe, die der derzeitige Militärkommandant von Kärnten während seiner Ministeriumszeit in Wien an einen Freund, der in Kärnten als Militärarzt tätig war (ist), in unregelmäßigen Abständen schrieb.

Aus den Erzählungen von Gunther Spath habe ich erfahren – es ist in den vorliegenden Briefen nachzulesen – dass auch die Lebensumstände des Autors und hohen Militärs in Wien während seiner Tätigkeit im Bundesministerium für Landesverteidigung alles andere als angenehm waren.

Der ahnungslose Normalbürger (wie ich), vor österreichischen Ministerien in Wien in Hochachtung verharrend, bekommt hier einen bürokratischen Alltag in diversen Szenen vorgestellt, der einerseits Heiterkeit erregt, andererseits Kopfschütteln verursacht. Denn dass Ministerien (hoffentlich bis vor kurzem) unter anderem „Hochburgen" umständlichster Kanzleiabläufe sein können, wo in altösterreichischer Möglichkeitsform Amtspapiere und Formulare erstellt werden, die in unterschiedlichen Hierarchieebenen kontrolliert und gegengezeichnet werden müssen, und das oft mit beträchtlichen Verzögerungen, macht in Zeiten enormer Beschleunigung in vielen Abläufen des allgemeinen Wirtschafts- und Arbeitslebens doch einen etwas merkwürdigen Eindruck.

Köstlich die Beschreibung des Wiener Alltags, mit den Augen eines konservativ eingestellten österreichischen Militärs höheren Ranges gesehen, an einigen Stellen politisch unkorrekt und – wie bereits in den Kommentaren zum bürokratisch-ministeriellen Alltag – mit einem leichten „Grant" in den sprachlichen Formulierungen als Unterton. Wobei ich mich frage, ob sich hier ein gewisser Wiener Wesenszug auf den in Wien weilenden Kärntner übertragen haben könnte.

Gunther Spath hat mir erzählt, dass er öfters erlebt, dass seine Funktion als Militärkommandant von Kärnten in Kombination mit seiner schreibenden Tätigkeit in den eigenen Reihen irritiert.

Er erzählte mir, er hätte im Kurort Bad Tatzmannsdorf, in dem er eine Lesung gehalten hatte, zwei Passanten beobach-

tet, die das Plakat zur Lesung betrachteten. Als sie sahen, dass hier der Militärkommandant von Kärnten aus eigenen literarischen Texten lesen wird, meinte der eine zum anderen „Also – entweder Offizier oder Dichter, einen der zwei Berufe muss er verfehlt haben".

Als mir der Autor diese Begebenheit erzählte, fiel mir der Schriftsteller Veit Heinichen ein, der als Deutscher seit einigen Jahren in Triest lebt und mir vor einigen Monaten bei einer Lesung in Kärnten erzählt hatte, er hätte Triest als seinen Lebensort nicht zuletzt aus dem Grund gewählt, weil hier jedem Menschen gesellschaftlich mehrere Identitäten zugestanden werden, das wäre eigentlich ein altösterreichisches soziales Erbe.

Mehrfachidentitäten von Menschen mit vielfacher Begabung wären in der österreichisch-ungarischen Monarchie etwas ganz Normales gewesen. Deshalb würde er sich auch sehr wohl fühlen in der österreichischsten aller italienischen Städte, als gelernter Betriebswirt und Autor von Kriminalromanen.

So würde ich Herrn Gunther Spath, aus dessen Feder ich im letzten Jahr neben profunden Gedanken über unterschiedlichste Themen ganz erstaunliche poetische Formulierungen gelesen habe, wünschen, dass auch in militärischen Kreisen emotional gefärbte, literarische Texte eines Militärkommandanten selbstverständliche Akzeptanz finden. Vielleicht nicht zuletzt, um in einem Ambiente, in dem es bei einem Offizierstreffen einmal hieß (wie ich gehört habe) „Wohlfühlen ist keine militärische Kategorie", die Anwesenheit von menschlicher Emotion allmählich zuzulassen.

Ich stelle mir vor, dass es auch beim Militär „menscheln" dürfen sollte – ich nehme an, dadurch würden junge Leute, die ihren Wehrdienst ableisten müssen, vielleicht auch etwas positiver an diese Zeit zurückdenken.

So freue ich mich mit vielen anderen von den „Briefen aus dem Exil" amüsierten Lesern, dass es zu diesem Buch gekommen ist. Ich würde es in seiner Art unter anderem als satirisch überhöhtes Zeitdokument der österreichischen Bürokratie sehen wollen.

Elisabeth Faller
Generalsekretärin des Kärntner Schriftstellerverbandes

Mai 2008